Erdmann Kühn ist in Berlin geboren und aufgewachsen und hat in Köln Kunst und Musik studiert. Er lebt im Rheinland, arbeitet als Lehrer und in der Lehrerfortbildung. Er ist Musiker, Chorleiter, singt, komponiert, arrangiert und schreibt.

Neben „Der Junge auf der Schaukel" sind von Erdmann Kühn erschienen:
„Jascheks Reise – Ein Reisekrimi als Roadmovie",
„Himmel und Erde – Vaters Tagebücher 1926 – 1946"
und die beiden Bücher, die Friedels Geschichte weitererzählen: „Abschied von Berlin" und „Mein Kopf, der ist ein Zimmer".

Erdmann Kühn

Der Junge auf der Schaukel

Eine Berliner Kindheit
in den Sechzigerjahren

Bibliografische Information der Deutschen Nationalbibliothek: Die Deutsche Nationalbibliothek verzeichnet diese Publikation in der Deutschen Nationalbibliografie; detaillierte bibliografische Daten sind im Internet über <u>dnb.dnb.de</u> abrufbar.

Erdmann Kühn:
Der Junge auf der Schaukel
1. Auflage 2012
2. neubearbeitete Auflage
© 2017 Erdmann Kühn
Alle Rechte vorbehalten
Umschlag: Tara Otto, www.taraotto.com
Korrektorat: Nadja Koob
Herstellung und Verlag:
BoD - Books on Demand, Norderstedt
www.ErdmannKuehn.jimdo.com
ISBN 978-3-7431-9663-6

Die Nacht ist ein Fluss.
Mein Bett ist ein Kahn.
Vom alten Jahr stoße ich ab.
Am neuen lege ich an.

Morgen spring ich an Land.
Das Land, was ist's für ein Ort?
Es ist keiner, der's weiß.
Keiner, keiner war vor mir dort.
Josef Guggenmos

Und jedem Anfang wohnt ein Zauber inne,
der uns beschützt
und der uns hilft zu leben."
Hermann Hesse

Die Geschichte vom kleinen Friedel ist gewidmet
dem Zauber, der Neugier, der Freude, der Furcht
und vor allem den guten Geistern der Kindheit.

Der Eismann kommt

Er lauscht dem gleichmäßigen Ticken des Weckers auf dem Nachtschränkchen. *Ticktackticktack*. Die blauen Gardinen sind zugezogen, aber blasses Tageslicht dringt durch die Lücken und taucht das Elternschlafzimmer in seltsam gestreiftes Zwielicht. Immer wieder geht sein Blick zur Holzmaserung der großen Kleiderschranktüren hinüber: Je länger er dorthin starrt, desto mehr verwandeln sich die gebogenen und gewundenen Linien mit den Astlöchern dazwischen zu unheimlichen Gesichtern und Tiergestalten. Er starrt so lange dort hinein, bis die Tiere und Gesichter lebendig werden und anfangen, sich zu bewegen. Das fasziniert ihn erst, dann wird es ihm unheimlich, so dass er seinen Kopf abwendet und die Augen fest zudrückt. Aber auch mit geschlossenen Augen bleibt das Gefühl, dass diese Gesichter und Gestalten ihn ansehen und beobachten. Ja es scheint ihm, als würden sie seine Blicke einsaugen und er hat Angst, er könne den Blick nicht mehr von ihnen abwenden.

Leise und vorsichtig gleitet er aus dem großen Doppelbett der Eltern und schleicht sich barfuß zur Tür, die nur angelehnt ist. Er mag keine verschlossenen Türen, nachts nicht und auch mittags im Elternschlafzimmer nicht. Vorsichtig tappst er barfuß durch den halbdunklen Flur zur Küche, um sich dort etwas zu trinken zu holen. Die Dielen knarren, ansonsten ist das Haus still. Auf dem Küchentisch steht die große Glaskaraffe mit dem selbst gemachten Holundersaft, von dem man immer eine ganz farbige Schnute und Zunge bekommt. Der dunkle Saft funkelt ihn an. Er kommt nicht so gut an die schwere Karaffe heran und klettert auf die Küchentruhe, um ein wenig Holundersaft in das große Glas zu kippen. Ganz vorsichtig, damit nichts verkleckert. Dann klettert er wieder herunter und geht zum Spülstein, um den dicken, süßen Saft mit Wasser zu verdünnen, wie die Mutter es immer getan hat. Er dreht den Wasserhahn stark auf, so bekommt er sogar Schaum. Er muss bloß aufpassen, dass der Saft nicht überläuft. Er schimmert so dunkel und geheimnisvoll. Friedel leert das Glas in einem langen Zug. Köstlich!

Als er zurück zum Flur schleicht, hört er es. Er bleibt stehen und lauscht, wo es herkommt. Auf Zehenspitzen tappst er zur Wohnzimmertür. Sie ist nur angelehnt. Er schiebt sie sachte auf, auch das Wohnzimmer ist leer. So leer, dass ihm das Ticken der Wanduhr viel lauter erscheint als sonst. Auf dem großen runden Esstisch steht eine blaue Vase mit traurigen Rosen. Er weiß nicht genau, was er tun soll und läuft erst einmal um den runden Tisch herum, so wie früher, wenn er mit seinen Geschwistern „Peter und der Wolf" hörte und mitspielte. Sie stolzierten dabei um den Tisch herum wie Peter, hinkten mühsam hinterdrein wie der Großvater, watschelten wie die Ente oder schlichen auf leisen Pfoten wie die Katze.

Da ist es wieder, jetzt hört er es laut und deutlich. Es kommt aus dem Arbeitszimmer des Vaters. Ein Schluchzen, unterbrochen vom Naseputzen. Friedel schleicht zur Tür des Arbeitszimmers. Sie ist geschlossen. Jetzt setzt das Schluchzen wieder ein, geht in ein Weinen über, das überhaupt nicht mehr aufhören will und das ihn so traurig macht, dass er immer wieder schlucken muss. Wer ist das? Der Vater? Aber der weint doch nicht, oder? Die Stimme klingt fremd. Nicht wie die gewohnte Stimme des Vaters, tief und sanft und beruhigend, abends, wenn er eine Geschichte vorliest. Klingt es so, wenn der Vater weint? Unschlüssig steht er vor der Tür zum Arbeitszimmer und horcht. Die rechte Hand hat er schon auf der Klinke, aber er zögert. Er nimmt die Hand wieder fort. Der Kloß im Hals wird immer größer. Das Schluchzen hört nicht auf, aber es soll bitte endlich aufhören. Er traut sich nicht hineinzugehen. Er hat Angst vor dieser Stimme, vor dieser Traurigkeit. Er hat Angst, fortgeschwemmt zu werden von diesem Weinen.

Er schleicht zurück und zieht die Wohnzimmertür hinter sich zu, aber das Schluchzen bleibt in seinem Ohr und verfolgt ihn bis ins Elternschlafzimmer. Nein, hier kann er gar nicht bleiben, er geht wieder hinaus auf den Flur, weiter zur Toilette. Dort drückt er immer wieder auf den silbernen Spülknopf, damit die laute Wasserspülung das Schluchzen in seinem Ohr übertönt. Dann läuft er zur Garderobe, zieht sich seine Schuhe und seine dunkelblaue warme Wolljacke an, die er von der Großmutter zu Weihnachten bekommen hat, und geht hinaus. Er macht die Wohnungstür mit dem Briefschlitz leise hinter sich zu und tritt auf den Hausflur hinaus, geht die Steintreppe nach unten und stemmt sich gegen die schwere Haustür, um hinaus zu kommen an die frische Luft. Er hört die Krähen krächzen im großen Baum am Spielplatz, er hört ein Flugzeug in der Luft im Landeanflug auf den Tegeler Flughafen und läuft schnell auf die Straße, um es besser sehen zu können. Eine dicke Propellermaschine der PAN AM donnert wie ein großer, silberner Vogel über die Häuser hinweg.

Er geht zwar noch nicht zur Schule, aber lesen kann er schon. Mit den großen Buchstaben auf Schildern und Plakaten, auf Verpackungen und Flaschen hat es angefangen: AEG - die Fabrik direkt gegenüber auf der Baseler Straße, RAMA Margarine, ONKO Kaffee, BLUNA Limonade. Selbst schwierige Namen wie GRIENEISEN Bestattungen oder FLORIDA BOY Orangensaft sind für ihn inzwischen ein Kinderspiel, er erkennt sie sofort. Er braucht gar nicht mehr Buchstabe für Buchstabe zu entziffern. Bei kleinen Lettern und Schreibschrift muss er noch überlegen, aber den Geheimcode der großen Buchstaben hat er längst geknackt.

Er holt seinen grünen Roller aus dem Unterstand hinter dem Haus und rollert los, die Baseler Straße hinunter, biegt links am kleinen Eckladen in den Grindelwaldweg ein und fährt hinüber zur Aroser Allee. Die ist stark befahren, man muss gut aufpassen und gucken, ehe man sie überquert, sie hat aber einen schönen breiten Grünstreifen in der Mitte, auf dem man prima und ungestört Roller fahren kann. Man muss bloß achtgeben, dass man nicht in einen Hundehaufen fährt, auf dem Mittelstreifen werden nämlich immer die Hunde ausgeführt.

Da kommt schon der gelbe Doppeldeckerbus mit der Nummer 12: DOORNKAAT steht in großen Buchstaben auf der Seite und ein dicker Mann ist abgebildet, der ein kleines Glas in die Höhe hält. Doornkaat muss also irgendetwas zu trinken sein, etwas Leckeres, nach dem Gesichtsausdruck des dicken Mannes zu urteilen. Friedel rollert und probiert immer wieder die schicke Trittbremse aus: Wenn er sie mit der Hacke herunter tritt, stoppt der Roller sofort. Ein Superroller, er hat ihn zum Geburtstag bekommen. Außer der Trittbremse gibt es noch eine durchdringende Klingel und als I-Tüpfelchen ein in Plastik geschweißtes Fähnchen hinten am Gepäckträger, rot und weiß, mit dem Berliner Bären.

Er beobachtet einen Eiswagen, der große Eisblöcke aus der Eisfabrik Mudrack am Schäfersee in die Häuser bringt. In einigen Häusern gibt es schon Kühlschränke, aber die meisten haben große Holztruhen in der Küche, ausgekleidet mit Zinkblech. Dort hinein wird der Eisblock gelegt und hält dann ein paar Tage die Lebensmittel kühl. Er sieht, wie der Kleinlaster mit den drei Rädern in den Grindelwaldweg einbiegt und beeilt sich, über die Aroser Allee zu kommen, um dem Eiswagen zu folgen, denn er weiß, dass er danach die Baseler Straße entlang fahren wird. Er hat einmal beobachtet, wie solch ein Dreirad-Kleinlaster in der Kurve umgekippt ist. Der Fahrer ist herausgeklettert, hat gelacht und zusammen mit zwei Passanten das ganze Ding einfach wieder auf die drei Räder gestellt. Danach ist er mit „töff töff" und „täng täng" hupend und winkend weitergefahren.

Friedel überholt mit seinem Roller auf dem Bürgersteig den Eiswagen und biegt in die Baseler Straße ein. Dort wartet er ab, wohin der Laster fahren wird. Es dauert etwas, weil der Fahrer in manche Häuser mehrere Eisblöcke liefert, manchmal muss er auch mehrere Treppen hoch. Doch dann biegt der Eiswagen tatsächlich in die Baseler Straße ein und fährt geradewegs zum Tor des Gemeindehauses. Friedel wirft den Roller in die Ecke, rennt zur Haustür, stemmt sich dagegen, flitzt die Treppen hoch zur Wohnungstür, klingelt Sturm und ruft durch die Briefkastenklappe: „Der Eismann kommt!"

Er hört, wie der Vater den Flur entlang kommt, rasch, aber mit schweren Schritten. Der öffnet die Tür, sieht ihn erstaunt an und fragt: „Friedel, wo kommst du denn her? Ich dachte, du machst Mittagsschlaf?"

„Ich konnte nicht schlafen und dann hab ich den Eismann gehört!"

Der Vater guckt ihm prüfend ins Gesicht, gibt ihm einen leichten Klaps auf den Po und sagt: „Schnell, lauf in die Küche und klapp die Eistruhe schon mal auf!" In diesem Moment kommt der Eismann mit seiner Lederschürze schon die Treppe hoch, das Eis hält er an einem Metallhaken. Friedel beobachtet genau, wie er den Block in das Zinkgehäuse legt. Als der Mann wieder gegangen ist, fragt er: „Wo ist denn eigentlich das alte Eis geblieben?"

Der Vater klappt die Truhe wieder zu und beugt sich hinunter: „Guck mal, hier unten ist eine Öffnung, da fließt das geschmolzene Eis ab. Deshalb steht da auch immer eine Emailleschüssel drunter, damit es keine Überschwemmung gibt in der Küche." Er nimmt die Schüssel hoch und zeigt sie ihm: „Ein wenig Wasser ist noch drin, das kannst du im Spülstein ausgießen!"

Friedel trägt die Schüssel vorsichtig zur Spüle und tunkt, bevor er das Wasser ausgießt, seine Finger hinein. „Es ist gar kein Eiswasser mehr!"

Der Vater lacht: „Nein, es ist ja schon geschmolzen!"

„Kann man es wieder zu Eis verwandeln?"

„Ja, im Winter, wenn du es vors Fenster stellst, dann wird es wieder zu Eis!"

„Im Sommer nicht?"

„Nein, da ist es draußen zu warm." Friedel denkt intensiv nach, dabei wickelt er seinen Zeigefinger in eine seiner vielen blonden Locken ein. „Aber wie macht das dann der Eismann im Sommer?"

„Ja, das ist eine gute Frage" murmelt der Vater und winkt Friedel, ihm aus der Küche in sein Arbeitszimmer zu folgen.

Jetzt ist die Tür offen und der Junge schaut sich scheu um, als erwarte er, dass hier irgendwo noch die Person sei, die vorhin so geweint hat. Er kann aber nichts Auffälliges entdecken. Vaters dunkelbrauner Schreibtischstuhl mit dem geschnitzten Löwenkopf ist leer, der Sessel und das Chaiselong gegenüber ebenfalls, darauf liegt nur eine hingeworfene Wolldecke. Vater macht immer Mittagsschlaf in seinem Arbeitszimmer. Auf dem Schreibtisch steht ein großer Aschenbecher mit einer halb gerauchten Zigarre darin. Friedel kennt die Marke, die rote Banderole ist noch dran: HANDELSGOLD. Er hat vor längerer Zeit einmal heimlich probiert, wie solch ein Zigarrenstummel schmeckt. Da er das große Tischfeuerzeug seines Vaters nicht bedienen konnte, hat er den Stummel gegessen. Oder angefangen zu essen: Ihm ist so übel geworden, dass er schnell auf dem Klo verschwand und dort die eklige braune Brühe ausspuckte. Noch einen Tag später hat er Durchfall gehabt, die Mutter fragte ihn aus, ob er ungewaschenes Obst gegessen und womöglich dazu noch Leitungswasser getrunken hätte. Von der Zigarre hat er lieber nichts erzählt.

Jetzt stopft sich der Vater eine Pfeife. Das macht er immer nachmittags und Friedel freut sich, denn er riecht den würzig-süßlichen Duft des dänischen Pfeifentabaks, der durch die Tür des Arbeitszimmers manchmal bis ins Wohnzimmer dringt, sehr gerne. Ganz im Gegensatz zum herben Geruch kalter Handelsgold-Zigarren, von denen er ja nun auch weiß, wie sie schmecken: scheußlich! Er überlegt kurz, ob er den Vater fragen soll, wer da geweint hat. Nein, lieber nicht, stattdessen spielt er mit Vaters Briefwaage. Er probiert aus, wie weit die beiden Gewichte auseinandergehen, wenn er oben auf die goldglänzende Messingschale verschiedene Dinge legt: den großen Radiergummi, Vaters Füller, den Löschstempel, eine Büroklammer. Beim Tischfeuerzeug gehen die Gewichte ganz in die Knie und der Vater brummt mit der Pfeife im Mund: „Friedel, spiel nicht mit dem Feuerzeug. Du weißt doch: Messer, Gabel, Schere, Licht ..."

„... sind für kleine Kinder - doch!" ergänzt Friedel und schaut frech durch seine Locken hindurch zum Vater, der schmunzelt.

„Du wolltest wissen, wie das ist mit dem Eis im Sommer. Du weißt, wo die Eisfabrik ist?"

„Ja, ich war schon da, mit den Kindern vom Eisbärenweg. Wir spielen da manchmal Verstecken."

„Aber ihr dürft nicht auf das Gelände der Fabrik, das ist verboten!"

„Es ist auch ein bisschen unheimlich da, so dunkel. Ich spiel lieber am Eisbärenweg!"

„Das ist auch besser so. Die Fabrik hatte früher ganz viele Teiche, in denen das Eis im Winter herausgebrochen wurde. Heute stellen sie das Eis künstlich her, mit riesigen Maschinen. Und dann wird es in großen, dunklen Lagerhallen aufbewahrt, wo es immer kalt bleibt. Deshalb kommt dir das Gelände so düster vor."

Friedel schaut den Vater an und verzwirbelt dabei wieder eine Locke in seinem Finger. „Gab es denn da früher auch Eisbären?"

„Wieso denn das?"

„Im Eisbärenweg, mein ich."

„Nein, nein," lacht der Vater und stößt kleine Rauchwölkchen aus „so heißt bloß die Straße, wahrscheinlich, weil sie dicht an der Eisfabrik liegt."

„Aber es gibt da Eisbären!" Friedel guckt schelmisch seinen Vater an, als habe er ihm ein Rätsel aufgegeben.

„Tatsächlich? Hast du mal einen gesehen dort?"

„Ja! Ganz viele!"

„Jetzt willst du mir aber einen Bären aufbinden, Friedel. Du flunkerst!"

„Nein, ganz bestimmt! Aber sie bewegen sich nicht!"

„Ach, sie bewegen sich nicht. Dann sind sie wohl auch durchsichtig?"

„Nein, sie sind doch aus Stein!"

Der Vater schlägt sich mit der Hand an die Stirn und lacht: „Jetzt weiß ich, welche Eisbären du meinst. Die steinernen Bären an den Hauseingängen im Eisbärenweg! Dass ich darauf nicht gekommen bin!"

„Genau! Und jeder guckt anders!" Nach einer kleinen Weile fügte er hinzu: „Nur der Hausmeister ist böse!"

„Der Hausmeister? Was hast du denn mit dem Hausmeister zu tun?"

„Immer wenn wir da Fangen spielen oder Verstecken, kommt der raus und schimpft ganz laut!"

„Warum denn?"

„Weil der böse ist. Der hat eine Glatze und hinten an seinem dicken Hals hat er zwei Knicke in der Haut! Und dann rennen alle Kinder um den Block, und der Hausmeister rennt hinterher!"

„Warum ist er denn böse?"

„Der will nicht, dass wir da spielen! Auf dem Rasen steht doch: SPIELEN VERBOTEN!"

„Das kannst du schon lesen? Ich glaube, es wird Zeit, dass du in die Schule kommst!"

Der Vater klopft seine Pfeife im Aschenbecher aus und schickt Friedel zur Wohnungstür, weil es geklingelt hat. Der flitzt wie ein geölter Blitz durch das Wohnzimmer und den Flur zur Tür und sieht, wie der Briefschlitz sich öffnet und eine Zeitung hindurch geschoben wird. Die bringt er dem Vater schnell ins Arbeitszimmer. „Friedel, morgen früh fliegst du nach Hannover! Dort holt dich Tante Christel ab und fährt dann mit dir zusammen in den Urlaub! Freust du dich schon?" Der Junge zieht die Nase kraus und guckt seinem Vater ins Gesicht: „Kannst du nicht mitfahren?"

„Leider nicht, ich muss arbeiten. Aber ich bringe dich zum Flughafen und gebe dich dort bei der netten Stewardess ab!"

„Kennst du die?"

„Nein, aber die ist bestimmt nett, warte mal ab, du wirst schon sehen!"

„PAN AM?"

„Pan Am!"

„Winkst du mir, wenn ich übers Haus fliege?"

„Dann bin ich ja noch gar nicht wieder zu Hause! Wenn ich wieder mit dem Bus zurück bin, bist du schon in Hannover gelandet!"

„Großmutter hat gesagt, sie winkt mir, wenn ich über ihr Haus fliege!"

„Das macht sie bestimmt! Aber ich bin nicht sicher, ob du sie erkennen wirst. Alle Häuser und Straßen und Leute sind nämlich so klein wie Stecknadeln, wenn man dort oben im Flugzeug sitzt!"

Die Reise in die Schweiz

Als der Junge sich an der Hand der Stewardess noch einmal umschaut, sieht er, dass der Vater ein weißes Stofftaschentuch in der Hand hält, die schmalen Lippen aufeinander presst, und Tränen in den Augen hat. Friedel winkt kurz und dreht sich dann schnell wieder um. Die Stewardess drückt seine Hand etwas fester und sieht zu ihm hinunter. Sie ist wunderschön, trägt eine schicke blaue Uniform mit goldenen Knöpfen und lächelt ihn freundlich an: „Wir beide gehen als erste ins Flugzeug!" Er marschiert an der Hand seiner Zauberfee stolz an den anderen Reisenden vorbei. Bestimmt schauen ihm alle hinterher, als sie die Gangway zum Flugzeug hinaufsteigen. Der Kapitän steht am Eingang und gibt ihm die Hand. Er hat ihn gleich an der Mütze erkannt. Der Junge bekommt einen Fensterplatz in der ersten Reihe, direkt beim Kapitän und bei der Stewardess. Sie gibt ihm zwei Biskuitkekse und sagt: „Ich muss mich jetzt ein wenig um die anderen Fluggäste kümmern, aber ich komme immer wieder hier bei dir vorbei. Wenn du eine Frage oder einen Wunsch hast, sagst du mir einfach Bescheid, ja?"

Jetzt füllt sich das Flugzeug, es wird laut und hektisch. Leute suchen ihre Sitzplätze, heben ihr Gepäck in die Höhe, schließlich beugt sich ein dicker Mann zu Friedel hinunter und fragt amüsiert: „Na, Kleiner, wo ist denn deine Mutter?" Friedel tut so, als ob er nichts gehört hätte und schaut aus dem Fenster. Zum Glück setzt sich der dicke Mann nicht neben ihn. Er will nicht „Kleiner" genannt werden, und das mit seiner Mutter geht den Dicken überhaupt nichts an. Jetzt fährt das

Flugzeug los, Signallampen blinken über seinem Kopf, er sieht, wie es wendet und dann langsam auf die Piste rollt, immer entlang der kleinen roten Lämpchen. Jetzt steht es wieder und wartet. Dann wird es mit einem Mal richtig schnell und laut. In diesem Augenblick merkt er, dass die Stewardess sich neben ihn gesetzt hat. Sie nimmt seine kleine Hand und flüstert: „Jetzt heben wir gleich ab!"

In diesem Moment gibt es einen Ruck und Friedel kommt es vor, als ob sein Bauch sich selbständig macht. Er hält die Luft an und schaut ängstlich die Stewardess an. „Schön weiter atmen, gleich sind wir in den Wolken!" Er schaut zum Fenster hinaus. Tatsächlich, sie fliegen direkt in die Wolken. Plötzlich gibt der Boden nach und Friedel hat ein Gefühl wie beim Schaukeln, wenn er zu hoch schaukelt und dann plötzlich nach unten sackt. Die Stewardess lächelt: „Das war ein Luftloch! Aber jetzt sind wir über den Wolken, jetzt wird es ganz ruhig! Alles in Ordnung mit dir?" Der Junge nickt tapfer und sieht zum ersten Mal in seinem Leben Wolken von oben. Schön ist das, weiß und weich wie Watte. Die Sonne scheint warm auf diese weichen Wattebäusche. Der Himmel ist strahlend blau. Alles ist gut.

Die Stewardess muss jetzt zusammen mit ihrer Kollegin Essen verteilen. Als erstes bekommt Friedel eine Florida Boy mit Strohhalm und ein Sandwich. Stolz zieht er den zuckersüßen Orangensaft durch den gelben Strohhalm und blinzelt in die Sonne. Das Brot schmeckt nicht ganz so lecker wie das Leberwurstbrot bei seiner Großmutter, aber fast. Da fällt es ihm ein: Er wollte doch der Großmutter winken! Aber sie sind ja über den Wolken, da kann er gar nicht sehen, wo sie her fliegen. Nicht, dass Großmutter traurig vor ihrem Häuschen steht und ganz umsonst winkt! Als seine große Freundin das nächste Mal vorbeikommt mit einem Rollwagen, um die Flaschen und den Müll wieder einzusammeln, fragt er sie: „Sind wir schon über Lichterfelde?"

Sie lacht: „Wir sind schon im Landeanflug auf Hannover! Ich komm gleich noch einmal zu dir, wenn ich den Wagen ausgeräumt habe!"

Jetzt fliegen sie wieder in die Wolken, diesmal von oben, ab und zu schaukelt das Flugzeug hin und her, als tanze es ein wenig, und schließlich kann er winzig kleine Häuser, Straßen und ein blaues Band erkennen, das sich an der Straße entlang schlängelt. Der Vater hat Recht gehabt, es ist wirklich alles stecknadelklein. In der Ferne sind rote Lichter zu erkennen und ein graues Band, das jetzt immer näher kommt. Da spürt er wieder die Hand der Stewardess auf seiner. Während das graue Feld und die Lampen immer größer werden, fragt sie: „Na, wie fandest du deinen ersten Flug?" Er strahlt: „Schön!" - „Hörst du das Geräusch? Jetzt werden die Räder ausgefahren! Und jetzt gleich setzen wir auf!"

Es ist, als ob das Flugzeug sich schüttelt wie ein großer, nasser Hund. Dem Jungen ist ein bisschen unheimlich. Aber er merkt den Boden unter den Füßen und das heftige Ruckeln, als ob der große Vogel noch nicht auf der Erde bleiben will. „Jetzt bremsen wir! Schau, da vorn ist das Flughafengebäude, da parken wir jetzt ein!" Als das Flugzeug steht, dauert es noch eine Weile, bis die Luke sich öffnet. Dann nimmt die Stewardess den Jungen wieder an der Hand und geht mit ihm zur Tür, wo sich der Kapitän von ihm verabschiedet und ihm ein kleines Spielzeug-Flugzeug in die Hand drückt. PAN AM steht auf der Heckflosse. Stolz schreitet er mit seiner Zauberfee die Gangway hinunter.

Im Flughafengebäude übergibt sie ihn an eine Kollegin und verabschiedet sich von ihm. Die Kollegin findet er nicht halb so nett, sie wirkt strenger und scheint nicht so viel Zeit zu haben wie seine Zauberfee. Vielleicht hat sie auch nicht so große Lust, sich mit einem Sechsjährigen zu beschäftigen. Sie stellt ihn am Fließband ab und sagt: „Pass schön auf, wenn dein Koffer kommt!" Dann ist sie verschwunden. Eine gemütlich aussehende dicke Frau hat das mitbekommen und spricht ihn an: „Du fliegst ganz alleine? Das ist aber mutig!" Er fühlt sich gleich ein Stückchen größer und zeigt stolz auf seinen kleinen Koffer, der gerade in diesem Augenblick in Sichtweite kommt: „Da ist mein Koffer!" Die Frau hilft ihm, den Koffer vom Gepäckband herunter zu bugsieren und sagt: „Ich hab meinen Koffer schon. Komm, ich zeig dir, wo der Ausgang ist! Wirst du dort erwartet?"

„Ja, von meiner Tante!"

Er ist sich gar nicht so sicher gewesen, ob er seine Patentante wirklich erkennen wird. Er hat sie noch gar nicht so oft gesehen, weil sie nicht in Berlin wohnt. Aber natürlich erkennt sie ihn sofort, wie er da neben einer korpulenten Dame durch die Sperre stolziert. Er verabschiedet sich höflich von der Dame und rennt auf sie zu. Tante Christel nimmt ihn in die Arme und sagt: „Da bin ich aber froh, dass du gut gelandet bist. Jetzt kann unsere Reise losgehen! Nein, vorher müssen wir noch zur Telefonzelle, um deinem Vater Bescheid zu geben, dass du gut gelandet bist! Willst du ihm das sagen?" Er will. Er darf sogar die Groschen in den Schlitz stecken und die lange Nummer an der Wählscheibe wählen.

Die Stimme des Vaters klingt fremd am Telefon, nahe an seinem Ohr und trotzdem weit weg. Er versucht, sich den Vater vorzustellen, wie er in seinem Arbeitszimmer sitzt, in dem Stuhl mit dem geschnitzten Löwenkopf, aber ehe er das Bild richtig vor Augen hat, ist das Gespräch auch schon vorbei. Der letzte Groschen ist runtergerutscht und dann plötzlich ist die Verbindung unterbrochen. Als seine Tante nachfragt, merkt er, dass er gar nicht richtig auf die Worte seines Vaters geachtet hat, weil er damit beschäftigt gewesen ist, ihn sich vorzustellen. Tante Christel meint, das sei nicht so schlimm. „Wichtig ist, dass dein Papa weiß, dass du gut gelandet bist."

Mit einem Bus fahren sie jetzt zum Hauptbahnhof, dort steigen sie in den Zug, der sie in die Schweiz bringen wird. Alles ist aufregend, alles ist anders als zu Hause in Berlin, das fängt schon bei dem Bus an: Das ist kein gelber Doppeldecker wie in Berlin, sondern fast ein Reisebus. Man steigt vorn beim Fahrer ein, dort wird auch bezahlt, die Sitze sind gepolstert, es gibt keine Treppen, keinen Schaffner und keinen Freiluft-Ausstieg hinten. Aber der Zug ist noch viel interessanter, ein D-Zug, schnell hat Friedel das ganze Abteil erkundet und schon verschiedene Bekanntschaften gemacht. Tante Christel hat ihn gebeten, das Abteil nicht zu verlassen, gucken muss er aber doch mal, wie es hinter der Schiebetür aussieht, die so schwer aufgeht. Aber das laute Rattern hinter der Tür und das Knirschen und Quietschen der aufeinanderliegenden Eisentritte, über die man gehen muss, wenn man in den nächsten Waggon will, schreckt ihn ab. Alles bewegt sich hier hin und her, man ist dicht über den Schienen. Er hat Angst, dazwischen zu rutschen, dreht schnell wieder um und flitzt zum bequemen großen Sitz neben seiner Tante.

Der Schaffner kommt und knipst mit der großen Zange ein kleines Loch in seine Fahrkarte. Auf der kleinen Karte aus brauner Pappe steht BERN, das ist der Zielbahnhof, erklärt ihm die Tante. „Gibt es da auch Bären?" fragt er. Die Tante lacht und erzählt ihm von den Bären im Berner Zoo und von dem Bär im Stadtwappen von Bern und Friedel erzählt ihr von den steinernen Bären im Eisbärenweg und vom Berliner Bär. In Köln sieht er aus dem Abteilfenster zum ersten Mal den Kölner Dom und den Rhein, an dem sie später noch lange entlang fahren. Immer wieder gibt es etwas zu gucken: eine Burg, eine Brücke, Felsen ganz dicht am Fenster, ein entgegenkommender Zug, der das Fenster wackeln lässt.

Es wird schon langsam dämmerig, als sie in Basel ankommen. Dort steigen sie um in den Zug nach Bern. Schon auf dem Bahnsteig hört er viele Stimmen, die er gar nicht mehr versteht. Seine Tante hat ihm erzählt, dass in der Schweiz viele Sprachen gesprochen werden. Ein freundlicher, älterer Herr im Abteil fragt ihn etwas, das er nicht richtig versteht, hält ihm darauf eine Tüte mit Bonbons hin und fragt: „Zücki?" Jetzt versteht Friedel, was der Mann will, schaut aber lieber vorher noch einmal herüber zur Tante. Die Tante nickt ihm aufmunternd zu, er nimmt sich ein Zücki, bedankt sich und setzt sich schnell wieder neben die Tante, um dort den quietschgelben Bonbon in Ruhe auszupacken und in den Mund zu schieben. So schmeckt also die Schweiz.

Wie sie aussieht? Dunkel, geheimnisvoll. Es ist mittlerweile Nacht geworden, ab und zu gibt es Lichter in der Ferne oder einen hell erleuchteten entgegenkommenden Zug, der in Sekundenschnelle schon wieder verschwunden ist. Mehrmals fahren sie durch Tunnel, dann ist es noch dunkler draußen. Der Zug sieht anders aus als der D-Zug. Überall sind kleine weiße Kreuze auf rotem Hintergrund zu sehen: auf den Mülleimern, den Wänden, den Fenstern. Tante Christel erklärt ihm, was das bedeutet, aber er weiß es schon. Er hat zu Hause ein Buch mit Flaggen, die Schweiz ist mit dabei. Einige Leute im Abteil schlafen im Sitzen. Auch der Tante klappen ein paar Mal die Augen zu. Den Schaffner kann er gar nicht verstehen, aber er weiß ja inzwischen, was der Schaffner sehen will und reicht ihm die Fahrkarte, auf der BERN steht.

Dann nimmt die Tante die beiden Koffer aus der Gepäckablage, er zieht sich den Anorak an, nimmt seinen kleinen Koffer und sie verlassen zusammen das Abteil. Draußen kann man schon die Lichter von Bern sehen, Straßen, Häuser, Plätze, Straßenbahnen, einen Fluss. Der Zug hält mit laut quietschenden Bremsen und sie steigen aus. Im Windschatten der Tante arbeitet er sich durch die Menschenmenge, am Ausgang werden sie schon erwartet: ein netter junger Mann und eine junge Frau begrüßen die Tante mit Umarmung und Küsschen und ihn mit Handschlag. Er versteht nichts, die Tante erklärt ihm, dass die beiden Französisch sprechen und bringt ihm „Bonjour!" bei. Die beiden lachen freundlich, als er es versucht. Sie gehen zum Parkplatz, dort wartet das Auto, das sie nach Le Locle bringen wird. So ein Auto hat er noch nie gesehen: CITROËN buchstabiert er vorn am Kühler, wie Zitrone, auch die Scheinwerfer sind gelb und das Heckfenster steht wie ein spitzer Raubfisch-Zacken schräg nach außen.

„Komm rein, wir fahren los!" Er klettert auf die Rückbank an die Innenseite der Raubfischflosse und genießt die Autofahrt in den weichen, roten Polstern. Schon bald sind sie aus der Stadt herausgefahren, es wird wieder dunkel, der Motor brummt gemütlich, das Auto wiegt sich hin und her in den Kurven der endlosen Landstraße. Die Unterhaltung der drei Erwachsenen auf Französisch verbindet sich mit dem gemütlichen Brummen des Motors nach und nach zu einer angenehmen, einschläfernden Melodie, die er auch beim Träumen noch als Hintergrundmusik wahrnimmt.

Als er wieder wach wird, steht das Zitronenfischauto schon auf einem Hof, Gepäck wird ausgeladen. Er hat das französische Wort wieder vergessen, das Guten Tag bedeutet, ist noch ganz verschlafen und sagt laut und deutlich, als er die Tür öffnet: „Zücki!" zum Entzücken der versammelten Mannschaft. Das kennen auch die französischsprachigen Schweizer, und so bekommt er großes Gelächter und Hallo beim nächtlichen Empfang in Le Locle.

Die nächsten Tage sind sehr aufregend. Eine ganz andere Luft atmet er dort oben auf dem Bauernhof oberhalb der kleinen Stadt Le Locle: Würzig, frisch, warm, es duftet nach Wiese und frischem Heu, es weht immer ein leichter Wind, wenn er in seinen kurzen Lederhosen durch die Wiesen rennt. Auch die Sonne ist hier anders als zu Hause, schöner, größer, kräftiger, sie wärmt ihm Gesicht, Arme und Beine. Er legt sich in die duftende Wiese und schaut in den Himmel. Wolken ziehen vorbei, Wolkenbilder, Schafe, Hunde, Fabelwesen, wilde Tiere. So etwas hat er in Berlin noch nicht gesehen.

Auf seinen Streifzügen schaut er in Kuhställe, Heuschober, klettert auf Holzstapel und Bäume, kriecht unter Zäunen hindurch. Einmal wird er von einem alten Bauern hochgehoben und auf den Trecker gesetzt. „Bonjour" kann er sagen, auch „oui oui" oder „non non". Die Leute sind sehr freundlich zu ihm, auch wenn er nichts von dem versteht, was sie sagen. Oft bekommt er etwas zu essen zugesteckt: ein Bonbon, einen Keks, einen Apfel. Manchmal auch eine Schweizer Münze. Zwei Schweizer Franken und 50 Rappen klimpern schon in der Hosentasche seiner Lederhose. Wenn er allein ist, schaut er sich oft die fremden Münzen an, buchstabiert Zahl und Aufschrift, befühlt das Bild mit dem Zeigefinger. Ganz anders als die Pfennige und Markstücke in Deutschland. Sein erstes Schweizer Geld. Was er damit wohl kaufen kann?

Das Zitronenfischauto kommt noch einmal vorbei: Sie machen einen Ausflug nach Bern. Er sitzt wieder hinten an der Haifischflosse, diesmal kann er alles sehen: die Berge in der Ferne, den großen See, an dem sie vorbei fahren und schließlich die große Stadt mit Ampeln und viel Verkehr. Hier in Bern versteht er sogar etwas, wenn Leute langsam mit ihm sprechen. Sie besuchen den Berner Zoo, natürlich gehen sie am Bärenauslauf vorbei. Er bekommt ein großes Eis spendiert und kauft sich von seinem ersten Schweizer Geld eine kleine Muschel mit Honig zum Auslecken. Lange bleibt er vor einem kleinen Schweizer Holzhäuschen stehen. Solche Häuser hat er schon viele gesehen, dieses hier kann man aufklappen und als kleines Schatzkästchen benutzen. Leider ist es zu teuer für die paar Rappen, die er noch übrig hat in seiner Hosentasche.

Als sie abends müde und erschöpft von dem Ausflug und der Fahrt wieder aus dem Zitronenfischauto aussteigen, gibt ihm Dominic, der Fahrer, ein kleines Päckchen in die Hand. Tante Christel übersetzt: „Das ist für dich, ein Geschenk von Dominic, du darfst es auspacken!" Gespannt reißt er das Papier auf und das kleine Schweizer Häuschen kommt zum Vorschein. Stolz und glücklich klappt er es ein paar Mal auf und zu. Dominic zeigt ihm, dass etwas auf der Unterseite steht. Französisch. Die Tante übersetzt: „Für meinen kleinen Freund als Erinnerung an seine erste Reise in die Schweiz. Dominic, September 1962, Le Locle / Jura." Friedel strahlt, sagt „Merci!" und bekommt von Dominic und seiner Frau ein Küsschen rechts und links auf die Wange, bevor sie abfahren. Lange winkt er ihnen hinterher.

Mit seiner Tante macht er kleine Ausflüge hinauf in die Berge oder hinunter nach Le Locle. Mitten im Ort gibt es eine riesige Steintreppe, auf der man prima hoch- und runterflitzen kann. Dort sieht er auch noch andere Haifischautos, aber nicht das von Dominic. Die Aufschrift CITROËN sieht er auch an den vielen kleinen, lustigen Autos, von denen seine Tante sagt: Das sind die hässlichen Entlein. Manche Entlein haben noch einen Kasten hinten dran aus Wellblech, die mag er besonders. Wenn sie um die Kurven fahren, schaukeln sie wie ein Wüstenschiff und die kleinen Fenster klappen auf. Er denkt: Wenn ich mal groß bin, will ich so eine Blechschaukel fahren. Das ist noch besser als das Haifischauto oder der „DKWuppdich" vom Onkel in Berlin. Wenn er dort mitfahren darf, bekommt er immer eine kleine Spielzeugtrompete. Wenn die Ampel rot ist, muss er tuten, dann wird die Ampel sofort grün. Das ist auch ein schönes

Auto. Aber der hat nicht solche gelben Scheinwerfer vorne. Wie lange das wohl noch dauert, bis er groß ist?

Friedel hat oft Phasen, in denen er einfach irgendwo hockt und in die Wolken guckt und überlegt. Was sie jetzt wohl zu Hause machen? Ob sie ihn vermissen? Wer rennt jetzt zur Tür, wenn es klingelt? Wer holt Milch in der Blechkanne vom kleinen Laden? Bestimmt Jan, sein großer Bruder. Aber nicht morgens, da muss er zur Schule. Jan hat ihm einmal gezeigt, wie man die Milchkanne so schnell herum schwenken kann, dass die Milch nicht ausläuft. Beim nächsten Einkauf hat er den Trick versucht. Leider war er nicht schnell genug, die halbe Milch lief über seine Lederhose, seine Kniestrümpfe und Schuhe, die andere Hälfte auf den Gehweg. Zu Hause erzählte er, dass er gestolpert sei. Bloß komisch, dass er sich gar nicht weh getan hatte. Ob seine Mutter was gemerkt hatte? Sie sagte nichts, wusch seine Sachen aus und schickte ihn in die Badewanne. Seine Lederhose roch danach ein paar Wochen immer etwas süßlich, aber mittlerweile war das vorbei. Ja, das ist lange vorbei, damals, mit Mutti.

Er hat den Trick danach nur noch mit der leeren Kanne versucht, nie wieder mit Milch darin. Wenn er schnell genug war, blieb der Deckel drauf. Hier in der Schweiz gibt es ganz frische Milch in der Kanne, die ist noch richtig warm. Ab und zu nimmt ihn die Bäuerin mit in den Stall, wenn sie die Kühe melkt. Er schaut aufmerksam zu, wie sie blitzschnell an den Zitzen zieht, und die Milch in den Blecheimer fließt. Sie lacht und winkt ihm, er soll es auch einmal versuchen. Aber er bekommt kaum etwas heraus. Ein bisschen Angst hat er auch vor den riesigen rosa Eutern. Im Stall ist es warm und riecht wohlig nach Stroh und Kuh und Milch. Er legt sich ins duftende Stroh und träumt.

Der kleine Hund des Bauern weckt ihn aus seinem Tagtraum, er schnüffelt an ihm herum und stupst ihn mit seiner feuchten Nase, als ob er sagen will: Spielst du mit mir? Friedel springt lachend auf und rennt aus dem Stall, der Hund hinterher. Er rennt und rennt, die Wiesen herauf, bis er nicht mehr kann und keuchend stehen bleibt. Auch der kleine Hund hechelt und schaut ihn an. Friedel hebt einen kleinen Stock auf und wirft ihn in die Luft. Der Hund rast hinterher und bringt ihm das Stöckchen wieder. Das geht eine ganze Weile so weiter, bis Friedel Hunger bekommt und zurück zum Haus läuft, der Hund hinterher. Seine Tante sieht die beiden kommen und freut sich: „Da hast du ja einen Freund gefunden! Er heißt Malice, das heißt kleiner Schelm! Ihr passt gut zusammen, ihr beiden."

Von jetzt an folgt ihm Malice auf Schritt und Tritt, nur bei Ausflügen mit dem Auto darf er nicht mit. Sobald Friedel morgens den ersten Schritt aus der Haustür macht, sitzt Malice schon da und wedelt erwartungsvoll mit dem buschigen Schwanz. Dann wird er erst einmal mit Wasser versorgt und einem kleinen Stück Zwieback oder trockenem Brot. Manchmal steckt sich der Junge auch ein kleines Stück Wurst in die Hosentasche zu den Schweizer Münzen, als Belohnung für den Hund und Zwischenmahlzeit auf ihren Streifzügen. Abends nach vollbrachtem Tagwerk bekommt Malice dann seinen Teller mit Fleisch von Friedel vor die Tür gestellt.

Malice begreift immer sofort, wie Friedel gelaunt ist. Wenn er fröhlich und unternehmungslustig ist, ist es auch der Hund. Möchte Friedel mal seine Ruhe haben und ein bisschen träumen, legt sich Malice in gebührendem Abstand daneben und wartet geduldig, bis es wieder weitergeht. Die beiden verstehen sich ohne Worte. Entsprechend schwer fällt der Abschied nach zwei Wochen Ferien. Am liebsten würde Friedel den kleinen Hund im Kofferraum mitnehmen, aber das geht nicht. Er gehört ja den Bauersleuten und seine Tante erklärt ihm, dass sein Vater in Berlin im Moment alles andere gebrauchen könne als einen Hund. Vier Kinder und wechselnde Tanten sind aufregend genug, da muss nicht auch noch ein Hund dazwischen sein. „Schau mal, Friedel, Malice geht es hier viel besser als in der Großstadt! Hier muss er nicht an die Leine, kann überall herum springen und ist immer an der frischen Luft. Das ist kein Stadthund, der würde sich in Berlin nicht wohlfühlen."

Friedel schluckt tapfer die Tränen und den Kloß im Hals herunter, als er Abschied nehmen muss von Le Locle, von den Bergen, dem Geruch von frischem Heu und den Bergwiesen, von den netten Leuten und vor allem von Malice. Auch Malice scheint zu begreifen, denn er hält Abstand vom Zitronenfischauto, in das Friedel einsteigt. Der Bauer kommt noch einmal ans Auto, steckt dem Jungen eine Bonbontüte zu und sagt schmunzelnd: „Zücki!" Friedel sagt „Merci!" und „Au Revoir!", winkt aus dem Fenster allen zu und steckt sich schnell einen Bonbon in den Mund, um den Kloß im Hals loszuwerden. Die Landschaft sieht diesmal ganz anders aus, es ist noch morgens, die Berge im Frühnebel, Herbst liegt in der Luft, Abschied.

Marianne

Auf der Rückfahrt ist er wehmütig, gleichzeitig freut er sich aber auf sein Zuhause. Die Rückfahrt mit der Bahn kommt ihm viel schneller vor als die Hinfahrt, er hat schon Routine, bewegt sich sicher im Abteil, zückt seine Fahrkarte, wenn er den Schaffner sieht und macht hier und da neue Bekanntschaften. Seine Tante bringt ihn in Hannover zum Flughafen und wartet dort, bis eine Flugbegleiterin ihn übernimmt. Friedel ist enttäuscht, er hatte die ganze Zeit gehofft, wieder mit der Zauberfee zu fliegen. Diese Pan Am-Stewardess ist groß und schlank und hat dunkle Augen, in denen ein Geheimnis zu schlummern scheint. Sie ist sehr nett und er beschließt schnell, ihr zu vertrauen. Der Händedruck des Käpt'n ist so stark, dass Friedel Angst hat, seine Hand würde zerbrechen. Er darf wieder vorne sitzen, wo er alles gut beobachten kann. Die Stewardess redet nicht viel mit ihm, aber immer wenn sie vorbeikommt, zwinkert sie ihm zu, das findet er lustig.

Auch Start, Wolken, Luftlöcher und schließlich Landung sind schon fast Routine für ihn. Im Nu sind sie in Berlin, wo er an der Seite der eleganten Stewardess stolz als erster die Gangway herunter schreitet. Diesmal nicht Hand in Hand, er ist ja schließlich schon Vielflieger. Der Vater und seine große Schwester Bea erwarten ihn an der Sperre und sind sichtlich beeindruckt von seinem souveränen Auftritt als Weltenbummler. Mit seiner Schwester teilt er erst einmal die Tafel Sarotti-Schokolade, die er geschenkt bekommen hat. Den zweiten kleinen Pan Am-Spielzeugflieger vom Käpt'n wird er seinem großen Bruder Jan schenken als Mitbringsel.

Aber auch ihn erwarten zu Hause Überraschungen: Ein Käsekuchen, sein Lieblingskuchen, steht frisch gebacken auf dem Esstisch, verziert mit bunten Fähnchen wie beim Kindergeburtstag. Und außer Jan und der kleinen Schwester Bine, die schon erwartungsvoll um den Tisch herumtänzelt, begrüßt ihn noch eine junge Frau mit blonden, lockigen Haaren und Pferdeschwanz. Sie hat große Augen, fast wie die Stewardess, ein bisschen geheimnisvoll und gleichzeitig lustig zwinkernd. Sie stellt sich als das neue Kindermädchen vor und Friedel weiß sofort, dass er sie mag. Vor Verwirrung sagt er zur allgemeinen Erheiterung „Bonjour!" und Vater erklärt den anderen, dass man sich so in der französischen Schweiz begrüßt.

Beim Kakaotrinken und Kuchenessen merkt er, was er plötzlich für einen Vorsprung gegenüber seinen Geschwistern hat: Er kennt eine Sprache, die sie nicht verstehen! Deshalb streut er in seine Reiseschilderungen immer wieder französische Wörter ein und genießt es, den anderen zu erklären, was sie bedeuten. Dabei greift er schon mal zu kleinen Tricks, wenn er es selbst nicht ganz genau weiß. Er ist schließlich der Experte für das französischsprachige Ausland, das sollte jedem klar sein am Tisch. Auch seine Reiseerlebnisse werden zuweilen etwas weiter gesponnen. In einer großen Familie muss man die Gelegenheit beim Schopf ergreifen, wenn man schon einmal die ungeteilte Aufmerksamkeit und Bewunderung der ganzen Sippe hat!

Nur einmal wird er vom Vater korrigiert, als er nämlich erklärt, dass das französische Wort für Toilette „Monsieur" wäre. Der Vater erstickt dabei fast an seinem Kuchenstück vor Lachen und als er wieder sprechen kann, klärt er das Missverständnis auf: Auf manchen Toiletten würde „Monsieur" stehen, da hätte Friedel ganz Recht, aber auf anderen würde auch „Madame" stehen. Friedel bestätigt das, ja, aber da dürfte er nicht hinein. „Madame" wäre für die Frauen. „Aha, dann ahnt ihr ja jetzt auch, für wen „Monsieur" ist?" Bea weiß es sofort, nur Jan ist verwirrt, ob der kleine Bruder denn in eine Toilette für Männer dürfe. Friedel berichtet, dass es nur zwei Sorten von Toiletten gäbe, und dass man als „garçon" natürlich auf „Monsieur" gehen müsse.

Die Neue zu Hause gefällt ihm gut, sie genießt seine spontane Zuneigung. In den letzten Wochen gab es immer wieder andere „Tanten", die im Haushalt mithalfen, die Mutter zu ersetzen. Manche waren streng, manche taten komische Dinge, aber diese hier ist lustig, eigentlich mehr wie eine große Schwester. Auch der Name gefällt ihm, Marianne, das klingt nicht allzu sehr nach Tante. Deshalb kommt auch keiner auf den Gedanken, Tante Marianne zu sagen. In den folgenden Tagen lernen Friedel und Marianne sich näher kennen. Sie ist überhaupt nicht streng. Wenn er ins Bett gehen soll, aber noch keine Lust hat, rennt er einfach weg und Marianne spielt Fangen mit ihm, immer rund um den großen, runden Wohnzimmertisch herum, das macht Spaß. Wenn er darunter kriecht, kommt sie nicht mehr nach. Aber eigentlich will er ja, dass sie ihn fängt, und so taucht er bald wieder auf und lässt sich schließlich von Marianne einfangen und ins Bett bringen.

Spätestens beim Zubettbringen stellt sich immer heraus, aus welchem Holz eine „Tante" geschnitzt ist. Manche Tanten streichen ihm mit der kühlen Hand über die Stirn beim Gute-Nacht-Sagen. Dabei ist er doch kein

Kranker! Eine Tante verteilte ein Küsschen, das war ihm unangenehm. So nahe sollte ihm keiner kommen. Er ist schließlich kein Baby mehr. Marianne dagegen setzt sich an sein Bett, deckt ihn ordentlich zu, nachdem sie ihn vorher an den Füßen, die aus der Decke hervor lugen, gekitzelt hat. Das wird zum neuen Ritual: Natürlich gucken jetzt immer die Füße hervor, die gekitzelt werden möchten. Aber es kommt noch besser: Sie erzählt eine Einschlaf-Geschichte! Das hat er lange nicht mehr erlebt, eine kleine Geschichte, nur für ihn, er darf sich sogar wünschen, von wem sie handelt. Friedel ist stolz und selig, er freut sich immer schon auf diesen Teil des Abends. Zum Abschluss wuschelt sie ihm mit der Hand leicht durch die Locken und verteilt einen Luftkuss. Friedel stellt sich vor, wie dieser Kuss durch die Luft zu ihm fliegt und wo er ihn trifft. Auf der Nasenspitze? Auf der Stirn?

Die Tage werden bald kühler, der Herbstwind bläst die Blätter von den Bäumen und wirbelt sie lustig über den Hof. Friedel zieht mit dem Roller seine Bahnen rund um das Gemeindehaus und besetzt die Spielgeräte, sobald die Kindergartenkinder fort sind. Früher hatten sie tatsächlich einmal versucht, ihn in den Kindergarten zu stecken! Das ging aber gründlich daneben. Tante Lieselotte (komisch, fast alle erwachsenen Frauen heißen Tante) war ja so weit in Ordnung, aber dass er sich anstellen und warten sollte, bis er an seine Spielgeräte auf dem Gemeindegelände durfte, das ging nun wirklich zu weit! Und dass er sein Mittagsschläfchen nicht im großen Elternbett zuhause, sondern auf einer stinkigen, grauen Klappliege neben den ganzen anderen Kindergartenkindern im abgedunkelten Saal machen sollte, das ging ihm völlig gegen den Strich. Wie sollte man denn da träumen, ohne die Holzmaserungen des Elternschlafzimmerschranks vor Augen? Stattdessen wurde man ermahnt, wenn man zappelte und die Augen nicht geschlossen hatte. Auch die anderen Kinder schliefen nicht, alle lagen auf ihren Liegen mit geschlossenen Augen und zählten die Minuten, bis sie endlich wieder aufspringen konnten.

Der Höhepunkt der Schikanen war, als ein kleines, freches Mädchen ihn vor Wut in den Arm biss, weil er schneller als sie auf die Schaukel - s e i n e Schaukel - geklettert war! Das tat höllisch weh. Friedel lief direkt nach Hause, schrie, tobte, wimmerte, ließ sich bemitleiden und pflegen. An diesem Tag beschloss er, nie nie nie mehr in diesen fürchterlichen Kindergarten zurückzukehren, wo man gebissen wird. Es war eine Frage der Ehre. Er würde sich doch nicht von irgendwelchen fremden Kindern aus seinem eigenen Garten verdrängen lassen! Am nächsten Morgen machte er ein Riesentheater, als er wieder in den Kindergarten gehen sollte, schmiss sich heulend und schreiend auf den Boden, trat nach allem, was ihm nahe kam, verweigerte alle Schlichtungsversuche, Lockangebote und guten Worte, bis man endlich ein Einsehen hatte und ihn vorerst abmeldete. Dabei blieb es dann. Keiner hat es noch einmal versucht und bald, im Frühjahr, soll er endlich in die Schule gehen.

Jan geht schon in die 3. Klasse, aber er erzählt nicht viel aus der Schule. Er sagt nur manchmal, Friedel solle sich nicht z u sehr auf die Schule freuen, so toll wäre die nun auch wieder nicht. Friedel weiß nicht so sehr, was er mit dieser Andeutung anfangen soll. Sie macht ihm ein bisschen Sorge. Seine Schwester Bea, die schon in die 4. Klasse geht, berichtet allerdings gerne von der Schule.

Es wäre so toll dort und die Lehrerin wäre so nett. Friedel hofft, diese nette Lehrerin zu bekommen, aber Bea meint, das könne er vergessen, die könne sich ja nicht um die Kleinen kümmern, wenn sie schon die Großen unterrichtet. Ach so ist das also! Er kommt zu den Kleinen! Dabei kann er doch schon lesen und schreiben. Auch hierzu gibt Bea sofort ihren Kommentar ab: „Doch nicht Druckschrift, du Dummerchen, Schreibschrift musst du üben, hier, ich zeig's dir, das fängt mit Schwungübungen an, eine ganze Seite Schwungübungen, ehe du einen Buchstaben schreiben darfst!" Ach du lieber Gott, was soll er denn mit Schwungübungen, wenn er schon komplette Wörter schreiben kann? Nein, Friedel weiß wirklich nicht so recht, ob er sich auf die Schule freut.

Manchmal, wenn er im Garten schaukelt, denkt er über all diese Dinge nach. Er liebt es, so hoch zu schaukeln, bis die Schnur einen Moment zuckt. Er sieht seine Füße weit in den Himmel fliegen und juchzt vor Vergnügen über das komische Gefühl im Magen, wenn es wieder runter geht mit dem Kopf in Richtung Erde. Das ist fast noch besser als Fliegen im Flugzeug. Er spürt den Wind, er sieht, wie die Bäume und Häuser an ihm vorbeifliegen, wie sie sich verbiegen, ja verbeugen vor ihm. Ganz hoch hinauf und ganz tief hinunter. Die Welt liegt ihm zu Füßen und der Himmel steht ihm offen. Und wenn er dann genug hat, lässt er sich noch lange leicht weiter schaukeln und hängt seinen Gedanken nach.

Nachmittags spielen Jan und er manchmal Fußball auf dem Hof. Jeder markiert sein Tor mit einem Stock oder Kleidungsstück. Friedel kriegt leider ein Tor nach dem anderen rein geschossen von seinem Bruder, der einfach größer und schneller ist als er. Dabei ist Friedel vorher immer überzeugt, dass er es diesmal ganz bestimmt schaffen wird, wenigstens e i n Tor zu schießen. Entsprechend frustriert ist er hinterher, wenn es wieder nicht geklappt hat. Jan ist zu allem Unglück nicht nur größer und schneller, sondern auch stärker. Wenn sie mal kämpfen müssen, verliert Friedel jedes Mal. Trotzdem, er will es einfach nicht wahrhaben. Wenn Jan ihn am Boden hat oder ihm die Luft abdrückt und fragt: „Hast du genug?" gibt er nicht auf, noch lange nicht, nein, er schreit und tritt und spuckt und macht so lange weiter, bis sein großer Bruder ihm wirklich weh tun muss, damit er endlich aufhört.

Wenn Jan und er Cowboy spielen, ist immer schon klar, wer zuerst von der Pistolenkugel tödlich getroffen umfallen muss. Alle Versuche, den Ablauf des Schicksals zu ändern, sind nutzlos und enden bloß wieder in Kampf und Streit. Deshalb läuft Friedel lieber zum Eisbärenweg und guckt, welche Kinder da draußen spielen. Dort ist die Chance viel größer, dass man auch mal bei den Gewinnern ist. Am Eisbärenweg gibt es viele Kinder, große und kleine, und einen gemeinsamen Feind: den bösen, dicken Hausmeister mit der Glatze. Meistens spielen sie „Einkriegezeck" rund um die Wohnblocks oder Verstecken. Vorher wird ausgezählt, wer anfangen darf:

Eine kleine Micky Maus
zog sich mal die Hosen aus,
zog sie wieder an
und du bist dran!

oder:

Ene mene mopel,
wer frisst Popel?
Süß und saftig,
eine Mark und achtzig,
eine Mark und zehn
und du kannst gehen!

Beim Verstecken ist Friedel Spezialist und kennt die tollsten Verstecke. Manchmal sind seine Verstecke auch zu raffiniert. Neulich hockte er mucksmäuschenstill in seinem Versteck, hörte die anderen Kinder näher kommen und sich auch wieder entfernen, hielt aus, wunderte sich, dass er schließlich keinen mehr hörte, wollte aber auf jeden Fall der letzte sein, der gefunden wird. Als er schließlich aus den Büschen hervor kroch, sah er, dass die anderen Kinder inzwischen schon zum nächsten Spiel übergegangen waren. Sie hatten gar nicht bemerkt, dass er fehlte.

Einmal waren sie mit ein paar größeren Jungs zur alten Eisfabrik geschlichen. Seit er wusste, was es damit auf sich hatte, war das dunkle Gelände noch interessanter geworden für ihn, aber plötzlich war ein bärtiger großer Mann aus dem Unterholz aufgetaucht und die Jungs flitzten wie um ihr Leben zurück zum Eisbärenweg. Flitzen kann Friedel gut, deshalb hat er beim Einkriegen auch immer gute Chancen, wegzukommen. Irgendwann hat er gemerkt, dass es manchmal auch gut ist, sich fangen zu lassen, damit man selbst auch einmal Fänger sein kann. Es gibt allerdings einige Kinder, die es zu offensichtlich darauf anlegen, gefangen zu werden. Die nimmt er aber nicht, das ist gegen die Regeln. Wer nicht richtig wegrennt, wird auch nicht gefangen.

Das Ende der Spiele ist spätestens gekommen, wenn es dunkel wird. Keiner von ihnen hat eine Uhr, die bekommt man erst später, zur Konfirmation. Der Standardspruch der Eltern beim Verabschieden an der Haustür ist: „Mach dich nicht so dreckig!" und: „Komm zurück, wenn es dunkel wird!" Gegen das Dreckigwerden kann man nicht viel machen. Es ist aber auch egal, schließlich schmeißt man sich beim Spielen öfter mal hin oder wird auch mal geschubst. So eine Lederhose kann man einfach ausschütteln oder abwischen, dann ist alles wieder wie neu. Die blanken Beine sind häufig nicht nur ordentlich zerkratzt und verschrammt, sondern starren vor Dreck, aber der ließ sich gut abwaschen. Woran kann man merken, dass es dunkel wird? Spätestens, wenn die Straßenlaternen angehen, ist es höchste Zeit, den Rückzug anzutreten, sonst gibt es Ärger zu Hause.

Heute ist Samstag, Badetag. Draußen ist es schon früh dunkel geworden, und weil Friedel sich so mistig gemacht hat beim Spielen, ist er der letzte, der ins Badewasser kommt. Das ist nicht mehr ganz so heiß, wie er es gerne hätte, und auch schon mächtig trüb und voller Seifenschaum. Aber egal, Baden ist ein Fest, das muss man genießen. Er stellt sich vor, er sei ein Schiff, das langsam untergeht Er sinkt immer tiefer ein, kneift fest die Augen zu, um sich das schreckliche Bild des Schiffuntergangs vorzustellen, hält sich schließlich auch die Nase zu und versinkt ganz in den trüben Fluten des Ozeans. Jetzt ist alles verloren, der nasse Tod streckt seine knöcherne Hand nach ihm aus. Da verwandelt er sich blitzschnell in einen Walfisch und taucht prustend und keuchend wieder auf.

Ihm ist Seifenwasser in die Augen gekommen und er braucht eine Weile, bis er wieder etwas erkennen kann. Marianne steht da und lacht: „Na, Käpt'n, wieder freie Sicht? Das Wasser ist schon ganz kühl, zieh bitte schon mal den Stöpsel raus, ich komme gleich und brause dich ab!" Jetzt merkt er es auch, wie kühl das Wasser schon ist, er bekommt Gänsehaut und zieht am Stöpsel. Fasziniert beobachtet er den laut gurgelnden Sog, mit dem das Wasser in den Ausguss gezogen wird. Bea hat ihm einmal erzählt, dass es in manchen Flüssen auch so einen Sog gibt. Wer da hinein gerät, ist für immer verloren und taucht nie wieder auf. Er stellt sich gerade schaudernd vor, wie er selbst dort hinein gesogen wird und stellt sich schnell aufrecht hin, so fühlt er sich sicherer.

In diesem Augenblick taucht Marianne wieder auf mit einem großen Badehandtuch. „Du stehst ja schon, das ist prima, dann brause ich dich jetzt ab, damit du ganz sauber wirst." Herrlich, der warme Brausestrahl, Friedel kann gar nicht genug davon kriegen. Aber dann wird das Wasser kalt und Friedel hüpft aus der Wanne hinein in das dicke Badehandtuch, das Marianne bereithält. „Möchtest du dich selbst abtrocknen?" Normalerweise hätte er immer zugestimmt, na klar, er ist doch kein Baby. Aber er schüttelt den Kopf und wird herrlich von oben bis unten abgerubbelt, bis die Haut ganz rot und warm ist. Er zieht sein Nachthemd über und flitzt barfuß in sein Bett. Das Beste kommt nämlich noch: Samstags gibt es Essen im Bett! Marianne bringt frisch gekochten Schokopudding mit kleinen, süßen Eiweißhäubchen oben drauf!

Jan sitzt schon in seinem Bett und genießt den Pudding. Sie wohnen im selben Zimmer, die Betten neben- und übereinander: Unter Jans Bett ist eine große bunte Wäschekommode. Friedels Bett steht auf dem Fußboden direkt dahinter, ein Teil vom hohen Bett ragt noch über sein Bett, dort ist es dunkel und besonders gemütlich, da kann man sich schön verkriechen. Jan darf immer etwas länger aufbleiben als Friedel, aber samstags sind alle Kinder zur gleichen Zeit im Bett, um Pudding zu essen, Kakao zu trinken, zu erzählen und zu lesen. Heute kommt auch Vater, um aus dem großen Märchenbuch vorzulesen. Jan besteht darauf, dass es ein spannendes und gefährliches Märchen sein soll, nicht zu kindisch. Vater blättert eine Weile und fängt dann mit seiner tiefen und beruhigenden Stimme an zu lesen. Wenige Minuten später ist Friedel eingeschlafen. Er fürchtet sich vor den allzu spannenden und gefährlichen Stellen im Märchen, deshalb konzentriert er sich ganz auf Vaters Stimme. Die beruhigende Sprechmelodie lässt ihn schnell ins Reich der Träume hinüber gleiten, ehe etwas zu gefährlich oder spannend werden könnte.

Als er aufwacht, ist alles dunkel. Er muss sich erst mühsam orientieren, durch einen Gardinenspalt dringt ein ganz schwacher, fahler Lichtschein. Über sich hört er die gleichmäßigen Atemzüge seines Bruders. Ansonsten ist es absolut still. Er merkt, dass er mal muss, zögert aber eine ganze Weile, ehe er sich aus der warmen kuscheligen Bettdecke wickelt und aufsteht. Er tastet sich vor, sieht die Türklinke in der Dunkelheit schimmern und drückt sie behutsam herunter. Draußen auf dem Flur ist es richtig dunkel. Er tastet sich an der Wand entlang, hier muss doch irgendwo die Badestube kommen. Da endlich ist die Tür, sie steht einen Spaltbreit offen. Im Bad ist es etwas heller, hier gibt es keine Gardinen, und so kann fahles Laternenlicht von außen durch die Milchglasscheiben sickern. Alles sieht ganz anders aus im Halbdunkel. Die bunten Zahnputzbecher mit den weißen Streifen leuchten viel stärker als am Tag, auch die silbernen Armaturen senden einen geheimnisvollen Glanz aus.

Friedel drückt nur ganz sacht auf den Spülknopf, trotzdem kommt ihm das Geräusch der Spülung vor wie ein donnernder Wasserfall, der eigentlich das ganze Haus aufwecken muss. Er erinnert sich, dass er ganz vergessen hat, sich die Zähne zu putzen nach dem Pudding. Au weia, hoffentlich ist noch nichts Schlimmes passiert! *Vor dem Schlafen, nach dem Essen: Zähneputzen nicht vergessen!* Schnell füllt er den grün-weiß-gestreiften Becher mit Wasser und holt das Versäumte nach. Wie immer gurgelt er am Ende sehr ausführlich, bloß verzichtet er diesmal darauf, dabei wie sonst immer eine Melodie zu summen. Jetzt ist er hellwach. Aus dem Wohnzimmer hört er die Schläge der Wanduhr. Er zählt mit: eins, zwei, drei! Drei Uhr! Wie lange dauert es wohl, bis es wieder hell wird?

Er schleicht sich wieder in den stockdunklen Flur, tastet sich weiter zur Küche, auch hier ist die Tür nur angelehnt und alles Bunte und Silberne glänzt geheimnisvoll, auch der Holundersaft oben auf dem Küchenschrank in der Karaffe. Aber Friedel hat ja gerade die Zähne geputzt, das geht jetzt nicht. Er sieht nach, wie viel Tauwasser in der Schale unter der Eistruhe ist und geht zum Fenster, um hinaus in die Nacht zu gucken. In der Ferne sieht er die roten Lichter vom Fabrikturm hinter dem Schäfersee und die schmale Mondsichel, die sich gerade durch die Wolken und die Schatten der großen Bäume schiebt, um ihm zuzuwinken. *Leuchte, guter Mond, leuchte, rief der kleine Häwelmann.* Ob der Mond ihn hier sehen kann, am Küchenfenster, im Nachthemd, um drei Uhr nachts? Er kann seinen Blick nicht vom Mond lösen, er sieht ganz nahe aus und dabei doch kühl und fern. *Siehst du den Mond dort stehen, er ist nur halb zu sehen und ist doch rund und schön.* Er versucht, den Rest des runden und schönen Mondes zu sehen und nach einer Weile meint er auch, die Umrisse der dunklen Seite des Mondes zu erkennen.

Jetzt versteckt sich der Mond hinter Wolken, Friedel setzt seinen nächtlichen Rundgang fort, schaut sich das Wohnzimmer im Dunkeln an. Das Ticken der Wanduhr kommt ihm sehr laut vor, als ob es jeder im Haus hören müsste. Das gelbliche Licht der Straßenlaternen scheint ins Wohnzimmer herein, hier kann man alles genau erkennen. Er geht zur Balkontür, öffnet sie behutsam und tappst barfuß auf den kalten Steinboden des kleinen, runden Balkons. Hier steht der große Kübel mit der Tomatenpflanze. Irgendwann mal hat Vater gesehen, wie er, als wieder einmal das Klo besetzt war, auf den Wohnzimmer-Balkon gegangen war und dort die Tomatenpflanze gewässert hat. Vater hat ihn beiseite genommen und ihm erklärt, dass die Tomaten auf diese Weise nicht gut wachsen können. Friedel hat erwidert, dass doch im Frühjahr Pferdemist auf die Tomatenpflanze käme, ob das denn nicht so ähnlich sei. Der Vater hat gelacht: „Da bin ich aber froh, dass du nur daran gepinkelt hast!"

Friedel schaut über die Balkonbrüstung. Er ist jetzt so groß, dass er gerade hinüber schauen kann, wenn er sich auf die Zehenspitzen stellt. Die große AEG-Fabrik liegt im Dunkeln, aber irgendetwas darin summt ganz leise. Vor der Fabrik ist das kleine Mäuerchen, auf dem er oft balanciert. Jetzt sieht er eine Katze, die über die Mauer springt und durch das hohe Gras schleicht. Es ist so still, dass er diese Katze sogar hören kann. In der Ferne brummt ein Lieferwagen auf der Aroser Allee und ein Hund kläfft den Mond an. Jetzt wird es Friedel etwas kühl und er muss gähnen. Er geht wieder hinein in die Stille und Dunkelheit der Wohnung, lässt die Wohnzimmertür auf, um im Flur etwas Licht zu haben, hört, wie die Uhr halb vier schlägt und beschließt, nicht in sein Bett zu kriechen, sondern zum Vater ins Elternschlafzimmer. Der Vater hat einen ganz leichten Schlaf, das weiß er von früheren Besuchen. Als er die Tür öffnet, flüstert der Vater: „Friedel, bist du es?"

„Ja, ich kann nicht schlafen. Kann ich ans Fußende?"

„Ja, komm, ich mach dir Platz!" Friedel kuschelt sich am Fußende in die große Decke ein und ist im Nu eingeschlafen.

Tante Anna

Am nächsten Morgen wacht er in seinem Bett davon auf, dass die Sonne ihn an der Nase kitzelt. Er ist doch gestern Nacht bei Vater ins Bett gekrochen, oder hat er das nur geträumt? Hat ihn der Vater nachts hinüber in sein eigenes Bett getragen? Egal, Friedel fühlt sich munter und ausgeschlafen, springt aus dem Bett, zieht dabei die halbe Zudecke mit sich, lässt sie auf dem Fußboden liegen und rennt barfuß in die Küche. Dort steht sein Becher mit Milch und sein Schälchen mit Kakaobrei, alles andere

Geschirr ist schon weggeräumt. Kein Mensch ist zu sehen. Jan und Bea sind bestimmt schon in der Schule. Aber wo sind Marianne und seine kleine Schwester Bine? Friedel läuft durch das Wohnzimmer, das bei Tageslicht ganz anders aussieht als nachts im Halbdunkel, zum Arbeitszimmer des Vaters. Als er die Tür öffnet, kommen ihm dicke Rauchschwaden entgegen, Handelsgold, er kann kaum erkennen, wo der Vater sitzt. Er hört bloß durch den stinkenden Nebel seine wohl vertraute Stimme: „Guten Morgen, Friedel, zieh dich doch schon mal an, bitte. Ich komme gleich in die Küche, dann können wir zusammen frühstücken! Kannst du dich schon alleine anziehen?"

Was für eine Frage! Natürlich, er ist doch kein Baby mehr! Er schließt die Nebeltür wieder und flitzt in sein Zimmer. Wo ist jetzt noch mal sein Leibchen? Egal, er zieht ja sowieso den Pulli drüber. Auch die wollene Unterhose lässt er weg, die kratzt ganz scheußlich, manchmal bekommt er richtig rote Stellen davon an den Beinen. Er steckt sie zur Sicherheit ganz hinten am Bett unter die Matratze, damit er sie nie mehr anziehen muss. Eine normale Unterhose reicht unter der kurzen Lederhose! Über Nachthemd und Decke hinweg flitzt er zur Badestube. Dort dreht er den kalten Wasserhahn auf, dass es spritzt und schaufelt sich mit den Händen kaltes Wasser ins Gesicht. Das ist lustig. Auch seine Locken werden ganz nass bei der „Katzenwäsche". Da er sein Handtuch nicht findet und ein fremdes auf keinen Fall benutzen will, schüttelt er einfach ein paar Mal heftig den Kopf, so dass die Wassertropfen nur so durch das Bad fliegen. Fertig!

Als er in die Küche läuft, sitzt sein Vater schon am Tisch. Es riecht nach Kaffee und nur noch ein ganz klein wenig nach Handelsgold. Kaffeegeruch mag er gerne, auch wenn er noch keinen Kaffee trinken darf. „Später einmal", sagt Vater immer. Aber wann ist später? Er setzt sich neben den Vater auf den Hocker und löffelt in seinem Schälchen mit Kakaobrei. „Wo ist Marianne?"

„Die ist Einkaufen gegangen und hat Binchen mitgenommen. Sie müssten gleich wiederkommen. Marianne backt heute Plätzchen, denn wir kriegen nachmittags Besuch. Tante Anna kommt!"

Wer um Himmels Willen ist denn jetzt schon wieder Tante Anna? Friedel hat keine Lust mehr, dauernd andere Tanten im Haus zu haben. Marianne soll hierbleiben, das sagt er dem Vater auch. Aber der Vater erklärt ihm, dass Marianne hier nur ein Praktikum macht, das bald beendet ist. Friedel merkt, wie wütend er wird. „Wo geht sie denn hin, wenn sie hier weggeht?"

„Sie wird ihren kranken Vater pflegen."

Den kranken Vater pflegen! Das hört sich doch nach einer typischen Erwachsenen-Ausrede an! Friedel sagt finster: „Wenn Marianne weggeht, gehe ich auch weg!"

Vater seufzt und schaut Friedel an. „Du magst Marianne sehr gerne, nicht wahr?"

Friedel bockt und tut so, als betrachte er interessiert die Stubenfliege, die um die Küchenlampe herumfliegt. Warum stellen Erwachsene immer solche dummen Fragen? Das merkt man doch, da braucht man doch nicht fragen! Und wenn Vater es nicht merkt, dann soll er eben sehen, wo er bleibt mit seiner Tante Anna. Irgendetwas stimmt nicht mit dieser Anna, das spürt er an der Art, wie Vater den Namen gesagt hat. Aber Friedel will jetzt nicht fragen, sonst denkt der Vater noch, er hätte sich damit abgefunden, dass schon wieder eine neue Tante kommt. Die Stubenfliege hat sich auf die Lampe gesetzt und putzt sich. Es ist sehr still in der Küche.

Da hört man, wie die Wohnungstür aufgeschlossen wird und dann schon das *tapp tapp tapp* der Schritte, mit denen seine kleine Schwester in die Küche rennt und Vater und ihn mit ihrem strahlendsten Lächeln begrüßt. In der Hand hält sie triumphierend die Reste eines kleinen kirschroten Lollis, von dem fast nur noch der weiße Stiel übrig geblieben ist. Marianne ruft hinter ihr her: „Bine, komm Schuhe ausziehen!"

Bine denkt überhaupt nicht daran, schnappt sich ihren Kinderhocker, zieht sich an ihm hoch und lutscht genüsslich an den Lolliresten herum. In ihrem Gesicht befinden sich diverse klebrige, rötliche Spuren. Marianne kommt herein, tut so, als ob sie mit Bine schimpft, zieht ihr Schuhe und Mantel aus und wischt ihr mit einem nassen Lappen die Klebespuren aus dem Gesicht: „So, Madam, damit du wieder wie ein Mensch aussiehst!"

Friedel kichert, obwohl er gerade eben noch böse war. Er stellt sich nun seine kleine Schwester als Tier vor, vielleicht als Maus? Oder als Eichhörnchen? Eichhörnchen, das passt gut, die haben auch immer etwas zu knabbern im Mund.

Der Vater verabschiedet sich wieder in seine Studierstube, das ist Friedel ganz recht, vielleicht kann ihm ja Marianne etwas zu dieser Tante Anna erzählen. Marianne wuschelt ihm durch die nassen Locken: „Na, Großer, da hast du dich ja schon gründlich gewaschen heute!"

Sie lacht. Das mag er an ihr, dass sie ihn „Großer" nennt und fast immer gute Laune hat. „Hilfst du mir beim Plätzchen backen? Wir bekommen Besuch heute!"

Aber sicher hilft er ihr! Natürlich will auch Bine mithelfen, aber das ist ungünstig, weil sie immer alles vom Tisch herunter zieht. Friedel hat eine gute Idee: „Hör mal Bine, soll ich meinen Kaufmannsladen holen?"

Bine strahlt über beide Backen. Das ist ein echtes Angebot, an den Kaufmannsladen darf sie sonst nur dran, wenn ihr großer Bruder dabei ist.

Friedel läuft in sein Zimmer, sortiert vorher die empfindlichen kleinen Warenproben und Spielpackungen aus, die vielleicht leiden könnten, wenn seine Schwester sie in den Mund steckt. Auch die kleinen Papiertüten lässt er lieber da und die empfindliche Waage. Dann trägt er seinen Kaufmannsladen vorsichtig in die Küche und stellt ihn auf die Eistruhe. Bine juchzt vor Freude. Marianne hat auf dem Küchentisch schon Teig ausgerollt und Friedel darf mit den kleinen Metallförmchen Kekse ausstechen und auf das gefettete Backblech legen, schön dicht nebeneinander, damit ganz viele darauf passen. Ab und zu vergewissert er sich, dass Bine sich kein Spielobst aus Holz in den Mund steckt, aber sie ist mit kleinen Zuckerperlen und den winzigen schwarzen Korinthen beschäftigt, die sie in einer Kaufmannslade entdeckt hat. Sie steckt sie mit ihren kleinen Händchen hierhin und dorthin, vor allem aber in den Mund. So kann sich Friedel etwas mit Marianne unterhalten: „Wer ist diese Tante Anna?"

Marianne schaut ihn an und sieht die zornige Falte auf seiner Stirn.

„Tante Anna ist Jans Patentante. Sie ist sehr nett und hat ein Vogelnest auf dem Kopf. Sie wird dir gefallen, bestimmt!"

Friedel sieht noch immer zweifelnd aus, aber er muss schon wieder kichern, weil er sich gerade eine Frau mit einem Vogelnest auf dem Kopf vorstellt. Marianne kichert mit: „Das nennt man Dutt, wenn man ganz lange Haare hat und sie alle oben zusammensteckt! Schau, so wie bei mir, bloß viel größer!"

„Warum hast du kein Vogelnest?"

„Ich habe nicht so lange Haare wie Tante Anna!"

„Wie lang sind denn ihre Haare? Bis zur Erde?"

„Ich weiß es nicht, ich habe sie immer nur mit Dutt gesehen. Aber bis zum Po bestimmt!"

Jetzt müssen wieder beide kichern. Friedel freut sich jetzt fast schon darauf, das Vogelnest ganz genau in Augenschein zu nehmen. Da sieht er, wie Bine sich gerade genüsslich eine Korinthe in die Nase steckt. Schnell ist er bei ihr und popelt sie behutsam wieder heraus, auch die aus dem anderen Nasenloch, die anscheinend schon länger dort steckt. Bine zieht ihre Mundwinkel bedrohlich nach unten und will gerade anfangen, loszuplärren, da kommt Marianne mit einem kleinen Teigklumpen: „Hier, das ist der Rest vom Plätzchenteig. Damit könnt ihr beiden jetzt mal unter dem Küchentisch verschwinden, während ich oben aufräume."

Schnell kriechen Friedel und Bine unter den Tisch, machen es sich dort gemütlich und teilen sich brüder- und schwesterlich den leckeren Teig, während vom warmen Backofen schon ein herrlicher Duft durch die Küche zieht. So schön kann das Leben sein - mit Marianne. Mit vollem Mund ruft Friedel unter dem Tisch hervor: „Marianne, bleibst du immer bei uns?"

„Nein, Großer, ich will ja später auch mal eine eigene Familie haben und eigene Kinder!" Das ist enttäuschend, aber es erscheint Friedel logischer als: Sie muss sich um ihren kranken Vater kümmern. „Wie lange bleibst du denn bei uns?"

„Noch viele Wochen, keine Angst!"

Viele Wochen - ist das viel? Friedel weiß nicht so recht, ob ihm „viele Wochen" reichen. Da erscheint Mariannes fröhliches Gesicht verkehrt herum unter dem Tisch: „So, fertig aufgeräumt! Jetzt warten wir erst einmal auf Jan und Bea, und heute Nachmittag verputzen wir zusammen die Plätzchen und schauen uns das Vogelnest an!"

Am Nachmittag hat Friedel Bauchschmerzen. Marianne meint, er habe vielleicht doch zu viel Teig genascht und schneidet ihm einen Apfel auf. Die Schale schält sie geschickt als lange Schlange, sie wird getrocknet und später als Apfeltee gekocht. Die Plätzchen stehen schon auf dem Esstisch im Wohnzimmer, beim Tischdecken darf Friedel helfen. Da klingelt es. Friedel stürzt zur Wohnungstür, er möchte unbedingt als Erster das Vogelnest besichtigen. Als er öffnet, sieht er zuerst einen dunkelblauen Mantel mit großen, schwarzen Knöpfen und einen braunen Lederkoffer. Eine freundliche Stimme begrüßt ihn mit seinem richtigen Namen und fragt ihn: „Lässt du mich herein?" Er schaut nach oben, wo die Stimme herkommt. Eine junge Frau mit dunklen Haaren lächelt ihn an. Das Vogelnest kann man gar nicht richtig sehen von vorne. Deshalb macht er einen Schritt zur Seite und lässt die Frau durch. Jan und Bea stehen inzwischen auch schon im Flur und betrachten die Neuerscheinung mit gebührendem Abstand. Vater ist jetzt auch gekommen, hilft ihr aus dem Mantel und nimmt ihr den Koffer ab. Jetzt kann man das Nest sehen. Friedel hatte es sich noch größer vorgestellt. Vögel sitzen natürlich auch keine darin.

Bei Tisch ist es stiller als sonst. Alle sind etwas verlegen, auch der Vater. Besonders der Vater. Vor Verlegenheit stößt er Bines Kakaobecher um, als er Tante Anna den Plätzchenteller reichen will. Bine fängt an zu heulen, weil Kakao auf ihre schöne Schürze gekommen ist. Das Heulen steigert sich zu einem Brüllen, als sie registriert, dass ihr Becher jetzt leer ist. Marianne bringt aus der Küche einen Lappen und ein Tuch und nimmt auf dem Rückweg die schreiende Bine mit, um sie zu beruhigen und ihr einen neuen Kakao zu holen. Friedel lächelt still, weil das Unglück einmal nicht ihm, sondern dem Vater passiert ist. Vater wirkt seltsam hilflos in dem ganzen Durcheinander, und während Tante Anna das Tuch unter die Tischdecke legt und mit dem Lappen Kakaospuren beseitigt, sichern sich Bea und Jan in aller Ruhe einen kleinen Plätzchenvorrat auf ihren Tellern. Das Geschrei aus der Küche hat aufgehört und Marianne kommt mit einer wieder bestens gelaunten Bine an der Hand zurück zum Esstisch. Kakao und Kaffee werden nachgeschenkt. Bine, mit einem Keks in der Hand und einem breiten Kakaomundgrinsen, plappert fröhlich vor sich hin.

Tante Anna bleibt, sie wohnt oben unter dem Dachboden in einem winzig kleinen Zimmer mit Bett, viel kleiner als sein Kinderzimmer. Friedel gewöhnt sich schnell an die Neue, sie nennt ihn immer bei seinem richtigen Namen, das macht ihn ein Stück erwachsener und sie ist nett zu ihm. Manchmal, wenn sie zusammen mit Marianne spült, aufräumt oder Essen kocht, hört er sie singen. Sie singt vor sich hin im Rhythmus der Arbeit. Manche Lieder kennt er von der Kirche. Einmal sieht er sie, als sie gerade das Klo schrubbt und dabei vor sich hin singt: „Macht hoch die Tür, die Tor macht weit, es kommt der Herr der Herrlichkeit ..." Da muss er lachen. Tante Anna schaut verwundert hoch und lacht dann auch, weil sie sich erinnert, was sie gerade gesungen hat. Ein paar Tage davor haben sie das Lied im Gottesdienst gesungen. Sie sagt: „Jaja, ich weiß manchmal selbst nicht, was ich da singe. Ich singe eben gerne, dann kann ich besser arbeiten."

Seitdem Tante Anna da ist, ist der Vater wieder fröhlicher. Friedel denkt manchmal noch an dieses schauerliche Schluchzen aus dem Arbeitszimmer. Das hat er nie wieder gehört. Vater nimmt sich jetzt öfter wieder Zeit zum Spielen oder Vorlesen. Ja, er nimmt sogar Fahrstunden. Bea, die immer alles ganz genau weiß, sagt: „Er ist ein anderer Mensch geworden. Das liegt an Tante Anna!" Dabei guckt sie ihn verschwörerisch an. Friedel weiß nicht so recht, ob er will, dass sein Vater ein anderer Mensch wird. Aber er hat auch gespürt, dass irgendetwas anders ist. Schon als Vater Tante Anna damals ankündigte, hatte er so ein Gefühl. Bea setzt wieder ihre berühmte Verschwörermiene auf und flüstert: „Die haben was miteinander!"

Friedel guckt verwirrt, mag aber nicht nachfragen, was das wohl ist. Seine Schwester soll ja nicht denken, dass er dumm ist.

Als Marianne sich dann eines Tages von allen verabschiedet, hat Friedel sich umentschieden: Er wird nicht mit Marianne mitgehen, sondern hier bleiben bei Vater, Bea, Bine, Jan - und Tante Anna. Marianne hat ihm das noch einmal erklärt mit der eigenen Familie und ihm versprochen, dass sie zu Besuch kommt, wenn Friedel ein großes Schulkind ist. Das tröstet ihn über den Abschiedsschmerz hinweg. Was ihn auch tröstet: Tante Anna erzählt ihm abends vor dem Einschlafen auch eine kleine Geschichte, während er sich gemütlich in sein Kissen kuschelt, und sie singt ihm etwas vor wie die Großmutter in Lichterfelde. Sie ist nicht besonders streng, zwar spielt sie mit ihm nicht Nachlaufen um den runden Wohnzimmertisch wie Marianne, aber er wird selten ausgeschimpft, wenn er mal was falsch macht.

Ganz früher, als er noch klein war, musste er manchmal draußen vor der Wohnungstür sitzen, wenn er mit seinem Essen herumgemanscht oder nicht aufgegessen hatte. Das war schlimm. Die Leute, die zum Gemeindebüro wollten, kamen vorbei und fragten voller Mitgefühl: „Was ist denn mit dir, Kleiner, kommst du nicht in die Wohnung hinein? Sind deine Eltern nicht zu Hause?" Dann musste er sich Geschichten ausdenken. Er konnte ja unmöglich zugeben, dass er nicht vernünftig gegessen hatte und darum jetzt hier draußen so lange sitzen musste, bis sein Tellerchen leer war. Einmal hatte er den Spinat, den er aus ganzem Herzen hasste, in der Toilette vor dem Gemeindebüro herunter gespült. Beim Herauskommen war ihm dummerweise die neugierige Gemeindeschwester über den Weg gelaufen und wollte unbedingt wissen, warum er denn mit einem Teller aus der Toilette kam.

Diese Zeiten sind zum Glück vorbei. Aufessen muss man immer noch, aber man bekommt kleine Portionen, die man schaffen kann, auch wenn das Essen mal nicht schmeckt. Der Vater kann sehr streng sein beim Essen, aber er hilft bei der kleinen Bine auch mit, um ihr die Sache zu erleichtern. Wenn sie nicht mehr essen will, sagt er: „Noch einen Löffel für ..." - dann kann sich Bine aussuchen, für wen der nächste Löffel sein soll, den sie in den Mund geschoben bekommt. Und wenn das nicht hilft, hilft auf jeden Fall eine seiner spontanen Tisch-

Geschichten, die immer so beginnen: „Da kam doch um die Ecke ..." Wenn an dieser Stelle nicht der Löffel im Mund verschwindet, erfährt man leider nicht, wer oder was denn da um die Ecke kam. Das will aber jeder wissen, auch Friedel, Jan und Bea. Manchmal machen die älteren Kinder auch Vorschläge, was denn da jetzt um die Ecke kommen soll, auf die der Vater eingeht – natürlich nur, wenn überall am Tisch auch gegessen wird.

Fräulein Herrmann

Inzwischen ist es Frühjahr geworden. Friedel darf wieder länger draußen spielen, weil es erst später dunkel wird. Es ist wärmer draußen, so dass er wieder seine geliebte Lederhose anziehen kann. Und die Schule rückt immer näher, Friedel zählt schon die Tage. Mit Tante Anna zusammen geht er zur Schuluntersuchung in einem kleinen Pavillon auf dem Schulhof. Dort muss er komische Sachen machen: Die Arme ausstrecken wie beim Balancieren und auf einer Schnur auf dem Fußboden laufen, auf einem Bein hüpfen, die Zehenspitzen berühren. Alles Kindergarten-Pippikram, findet er. Friedel ist sehr verwundert über diese Untersuchung. Als er alle Aufgaben zur Zufriedenheit bestanden hat, ist es ein aufregendes Gefühl, über den riesigen Schulhof zu gehen, mitten durch das laute Gewusel der großen Schulkinder, die gerade Pause haben.

Dort steht er einige Zeit später stolz mit seiner prächtigen Schultüte und lässt sich fotografieren. Neben ihm steht seine kleine Schwester Bine mit der Papierhülle seiner Schultüte und sonnt sich in dem Glanz des historischen Augenblicks. Gönnerhaft hat er seinen Arm um ihre Schulter gelegt, als will er sagen: „Schau dir alles gut an, kleine Bine, wenn du einmal so alt bist wie dein großer Bruder und Beschützer, dann stehst du auch so stolz hier und hältst in deinen Händen keine Papierhülle, sondern eine richtige Schultüte für große Schulkinder!" Stolz schreitet er die große Treppe hinauf, wo an der großen Eingangstür seine Lehrerin steht und jedem Kind die Hand schüttelt, bevor sie die 36 Kinder durch lange und hohe, nach Bohnerwachs riechende Flure zum Klassenzimmer führt.

Friedel hat einen Platz hinten in der Klasse erwischt, neben einem Jungen, der auch eine Lederhose trägt. Gemeinsam beobachten sie, wie der Tumult im Klassenraum sich langsam legt, nachdem jeder einen Sitzplatz gefunden hat. Dort vorne steht die kleine Lehrerin wie ein Fels in der Brandung und wartet, dass es ganz ruhig wird. Zum Teil ermahnen sich die Kinder gegenseitig und zeigen nach vorne zur Lehrerin, um den Tischnachbarn zur Ruhe zu bringen. Es dauert eine kleine Ewigkeit, aber es klappt tatsächlich. Die Lehrerin begrüßt die Klasse freundlich, stellt sich vor, erklärt einige Regeln, wartet immer wieder geduldig, bis alle zuhören, teilt ein Blatt mit Informationen für die Eltern aus - und dann ist der erste Schultag schon fast vorbei. Als er zurück auf dem Schulhof ist, wo Vater, Tante Anna und Bine warten, fällt ihm auf, dass er gar nicht behalten hat, wie seine Lehrerin heißt. Tante Anna weiß es: „Deine Lehrerin heißt Fräulein Herrmann. Magst du sie?"

Friedel muss nicht lange überlegen und nickt.

Am Mittagstisch will Bea alles über seinen ersten Schultag wissen. Sie sagt auch gleich, was sie von Fräulein Herrmann hält: „Die ist sehr streng, schon ein bisschen alt, aber in Ordnung, wenn man sich benimmt!"

Friedel ist etwas erschrocken, so streng kam sie ihm gar nicht vor. Er war sehr beeindruckt, wie sie da gestanden und gewartet hat. Sie hat überhaupt nicht geschimpft, dass es so lange dauerte, bis alle ruhig wurden. Aber trotzdem hat er das Gefühl gehabt, als hätte sie jeden genau im Blick, der noch herum zappelte und sprach. Das meint Bea bestimmt mit streng. Und alt? Das ist ihm auch nicht aufgefallen. Stimmt, sie hat graue Haare, hinten zu einem kleinen Dutt zusammengebunden. Ihre Stimme klingt freundlich und bestimmt. Friedel merkt, dass er diese Stimme mag. Er hat aber ein wenig Sorge, dass er es vielleicht nicht immer schaffen wird, sich ordentlich zu benehmen, und befürchtet, dass die Stimme dann auch anders klingen kann.

Das bestätigt sich in den nächsten Tagen. Fräulein Herrmann ist meistens freundlich und bleibt inmitten der großen, zappeligen Kinderschar erstaunlich ruhig. Sie schreit fast nie, aber ihre Stimme kann eine unangenehme Schärfe bekommen, wenn jemand gar nicht gehorcht. Es ist aber nicht nur die Stimme, es ist auch die Art, wie sie da steht und ihr Blick, der sagt: „Ich sehe dich genau, Freundchen!" Die Klasse lernt schnell, dass es klug ist, es nicht so weit kommen zu lassen, bis Fräulein Herrmann diesen Blick und diese Stimme bekommt. Sie ist eigentlich eher klein, aber wenn sie da vorne steht, wird sie zum Riesen. Alle Kinder lieben ihre Klassenlehrerin und müssen in den ersten Tagen lernen, dass sie die Gegenliebe ihrer Lehrerin nicht dadurch erhalten, dass sie begeistert zur Tür stürmen, wenn es heißt: „Fräulein Herrmann kommt!" Immer wieder übt sie mit ihnen, am Platz zu bleiben und nicht durch die Gegend zu rennen, auch nicht aus Begeisterung.

Friedel braucht in dieser Horde erst einmal etwas Eingewöhnung und Rückzugsmöglichkeiten. 36 dicke, dünne, begriffsstutzige, schlaue, schnelle, träge, verwahrloste, verwöhnte, zappelige, ruhige, schielende, stotternde, schüchterne, arrogante, hübsche, unansehnliche, tapsige, sportliche, streng riechende und vor allem laute Kinder. Und jedes von ihnen will alles tun, um von Fräulein Herrmann beachtet und gemocht zu werden. Sie schafft es tatsächlich, diese Horde zu bändigen und jedem Kind das Gefühl zu geben, dass es gesehen und beachtet wird. Friedel hat sofort auch das Gefühl, von ihr gemocht zu werden. Er hat großen Respekt vor ihr. Er liebt sie heiß und innig und tut alles, um ihre Erwartungen nicht zu enttäuschen. Was sie sagt, ist Gesetz, ein Lob von ihr der Himmel auf Erden, ein Tadel die Hölle.

Sie tadelt selten, meistens sagt sie: „Das kannst du besser!" oder: „Versuch es doch noch einmal!", wenn sie: „Das war richtig schlecht!" meint. Friedel weiß genau, was sie meint, wenn in seinem Heft *Das kannst du besser!* steht, aber er fühlt sich dadurch angespornt und nicht heruntergeputzt. Fräulein Herrmann ist nicht verheiratet, hat keine Familie und deshalb auch genügend Zeit für die Hefte. Jeden Sonnabend nimmt sie alle Hefte mit nach Hause und gibt sie dann am Montag wieder zurück. In jedem Heft stehen kleine Kommentare, in perfekter Schönschrift, mit roter Tinte. Manche Schüler zögern lange, ehe sie hineinschauen, anderen kann es nicht schnell genug gehen, bis sie das Heft endlich zurückbekommen, aufschlagen und die verdiente Belohnung für fleißiges Arbeiten empfangen. *Fein!* steht dann darunter, oder *Sehr fleißig!*

Die ersten Hefte werden mit Schwungübungen gefüllt, Fräulein Herrmann achtet genau darauf, dass der Schwung nicht zu groß oder zu klein ausfällt und exakt in den Zwischenraum der kleinen Hilfslinien passt. Bald schon kann Friedel erste Wörter in Schreibschrift schreiben, wie „Zippel" und „Zappel", die Namen der beiden Zwerge aus der Fibel. Fräulein Herrmann hält sich nämlich nicht damit auf, einzelne Buchstaben schreiben zu lassen, wie Bea es angekündigt hatte, nein, Friedels Klasse lernt nach der „Ganzheitsmethode" und schreibt und liest gleich ganze Wörter. Das geht nicht allen so schnell von der Hand wie Friedel, denn er hat ja schon einen großen Vorsprung an Wörtern. Zwar nicht in Schreibschrift, aber immerhin in Druckschrift. Die kommt erst viel später dran, wenn die Schreibschrift bei allen gut funktioniert.

Unter „Nachschriften" und Rechenaufgaben schreiben die Schüler „Fehler" und „Schrift" und erwarten eine Zwei, vielleicht sogar eine Eins. Bedenklich wird es, wenn die Zwei in Gänsefüßchen darunter steht, das bedeutet Zwei minus, also erste Alarmstufe. Jede zensierte Schreib- oder Rechenaufgabe muss von den Eltern unterschrieben werden, sonst gibt es den kleinen roten Stempel „Unterschrift fehlt" - und das ist mindestens so schlimm wie eine Note in Gänsefüßchen. Friedel hat meistens Glück, nur einmal steht unter seiner Rechenaufgabe in dieser feinen, roten Schrift: *Übe bitte die Ziffern! Und das nächste Mal schreibst du besser, ja?* Natürlich schreibt Friedel das nächste Mal die Zahlen besser und bekommt dann das erlösende *Fein!* darunter.

Was Friedel besonders gefällt: ihre Geschichten. Wenn Fräulein Herrmann Geschichten erzählt, was sie gerne tut, hängen alle Kinder, auch die zappeligen, an ihren Lippen. Manchmal erzählt sie sogar von sich selbst. Sie ist zu Hause das „I-Pünktchen" gewesen, die kleinste und jüngste unter vielen Geschwistern, deshalb ist es ihr auch so wichtig, dass alle immer schön das Pünktchen auf das „i" setzen. „Der Punkt ist zwar klein, aber wichtig, Kinder. Vergesst ihn nicht! Er hat das Recht, dort zu sitzen, wo er sitzt! Überseht nicht das, was klein ist." Seitdem denkt Friedel immer an seine Lehrerin, wenn er das Tüpfelchen auf das „i" setzt. Und wenn er sich zu Hause zurückgesetzt fühlt, tröstet ihn die Geschichte vom I-Pünktchen.

Einmal sprechen sie in der Klasse über Wunder und Engel. Anlass ist der Heimatkunde-Unterricht, in dem über mittelalterliche Wallfahrten gesprochen wird. Gibt es denn überhaupt Wunder und Engel? Die Klasse ist sich uneinig. Fräulein Herrmann erzählt, warum sie an Wunder glaubt: Als junge Frau wollte sie übers Wochenende ihre Eltern in Dresden mit dem Zug besuchen. Die Fahrkarte hatte sie schon gekauft. Als sie durch die Sperre ging, dachte sie plötzlich: *Warum soll ich denn unbedingt diesen Zug nehmen? Ich kann doch auch mit dem nächsten fahren!* Ihre Gedanken kamen ihr selbst merkwürdig vor. Sie konnte sich nicht erklären, was auf einmal in sie gefahren war. Aber irgendetwas zwang sie dazu, sich in das Bahnhofs-Café zu setzen und ihren Zug fahren zu lassen. Als sie dann mit dem späteren Zug fuhr, gab es lange Verzögerungen, schließlich wurde ihr Zug auf eine andere Strecke umgeleitet. Als sie mit großer Verspätung endlich abends in Dresden angekommen war, erfuhr sie den Grund: Der vorige Zug von Berlin nach Dresden war mit einem anderen zusammengestoßen, es hatte viele Tote und Verletzte gegeben.

Bei dieser Geschichte kriecht Friedel ein Schauder über den Rücken. Er liebt solche geheimnisvollen Geschichten, gleichzeitig machen sie ihm auch Angst. Das gibt er natürlich nicht zu. Aber es ist auch beruhigend, dieses Gefühl, einen Schutzengel zu haben, der einen im Blick hat. Fräulein Herrmann sagt: „Seit dieser Geschichte glaube ich an Wunder und weiß, dass ich einen Schutzengel hatte, der mir etwas ins Ohr geflüstert hat."

Friedel hat oft das Gefühl, es ist die „Himmelsmutti", die da von oben auf ihn herabguckt. Das ist manchmal tröstlich, aber es kann auch lästig sein, wenn er sich vorstellt, dass sie wirklich alles sieht, auch die Sachen, die besser im Verborgenen bleiben sollen.

Es gibt noch einen anderen guten Geschichten-Erzähler an der Schule, Herrn Tschachschall, den Biologielehrer. Er erklärt der Klasse den Vogelflug in den Süden am Beispiel der Staren-Familie, die sich bereit macht zum Abflug nach Afrika. Nur das kleinste und schwächste Starenkind kann immer noch nicht richtig fliegen! Herr Tschachschall verwandelt sich beim Erzählen zuerst in die Starenmutter, die ihr Kind immer wieder mit Flügelschlägen zum Fliegen animieren will. Dann ist er plötzlich das traurig piepsende Kind, dessen Flügel einfach nicht richtig schlagen wollen, und das schließlich von der Familie einsam und allein zurückgelassen wird. Friedel sieht den kleinen Vogel dort jämmerlich im Nest piepsen und verzweifelt flattern und er hat fast Tränen in den Augen.

Verzweiflung ergreift Friedel auch beim Fach Handarbeit. Fräulein Herrmann hat tatsächlich den Ehrgeiz, der ganzen Klasse, auch den Jungen, das Häkeln beizubringen. Schon die erste Übung, das Luftmaschen-Häkeln, wird eine Quälerei. Die Luftmaschen rutschen Friedel wie Seife von der kleinen Häkelnadel, der vergossene Schweiß vermischt sich mit den Wollmaschen zu verfilzten, unansehnlichen Knoten. Friedel hofft inständig, Fräulein Herrmann möge nicht an seiner Tischreihe vorbeikommen, dieses eine Mal, bitte! Sie soll seine Niederlage beim Kampf mit Maschen und Nadel nicht sehen und bloß nicht kommentieren. Der gelbe Topflappen, den er Tante Anna zum Muttertag häkelt, wird zu den Ecken hin immer fester und verknuddelter und hat so gar keine Ähnlichkeit mit einem Geschenk. Von all der Anstrengung ist das leuchtende Gelb der Wolle ganz trübe und traurig geworden.

Morgens, wenn Friedel in die Klasse kommt, riecht er zuerst den typischen Bohnerwachsgeruch im Flur, dann mit dem Eintritt in die Klasse den Geruch von aufgewärmter Milch. Die Schulmilch, die in kleinen Flaschen geliefert wird, wird zum Anwärmen auf die Heizung gestellt. Friedel mag Milch nicht besonders. Kakao ist schon besser, den gibt es auch, aber der ist fünf Pfennig teurer. Beim morgendlichen Anwärmen vermischt sich der Milchgeruch mit der stickigen Klassen- und Heizungsluft zu einer trüb-warmen Duftmischung von zweifelhafter Qualität. Eltern und Lehrer sind besessen von der Idee, kalte Getränke könnten die kleinen

Kindermägen schwer schädigen, deshalb wird andauernd angewärmt, besonders morgens. Manchmal, wenn ein Kind fehlt, wird die Schulmilch verschenkt. Friedel versucht immer, rechtzeitig aus der Klasse zu kommen, bevor er ein ungeliebtes Geschenk ablehnen muss. Er bekommt Ausschlag am Hals und an den Händen, die Kinderärztin bescheinigt ihm allergische Milch-Unverträglichkeit, damit ist er fein heraus und sein Vater spart das Geld für die Schulmilch.

Norbert und Hotte

Mit seinem Bank-Nachbarn hat sich Friedel schnell angefreundet. Norbert hat lustige Sommersprossen und rötliche Haare. Er trägt bei Wind und Wetter seine Lederhose, sie sieht noch speckiger und gebrauchter aus als Friedels Hose. Auf dem Verbindungsstück zwischen den beiden Hosenträgern prangt ein weißer Enzian. Auch Norbert kann schon lesen und schreiben, als er in die Schule kommt. Das ist sehr praktisch. Weil die anderen Kinder meistens länger für die Aufgaben brauchen, können Norbert und Friedel immer noch ein Extra-Schwätzchen halten. Fräulein Herrmann scheint das nicht immer gut zu gefallen. Sie lässt zwar die beiden Jungs nebeneinander sitzen, doch in Friedels erstem Zeugnis steht: *Er ist ein aufgeweckter und recht lebhafter Schüler, er muss aber noch lernen, seine Gedanken nicht gleich den Nachbarn mitzuteilen.*

Norberts Eltern kommen aus Österreich, seine Mutter heißt Adele. Wenn er bei Norbert zu Besuch ist, bekommt er dort immer Apfelsaft. An die Sprache muss Friedel sich erst gewöhnen, Norbert rollt das „r" im Rachen und spricht einige Wörter ganz anders aus. In Norberts Blick liegt immer ein bisschen Traurigkeit. Diese Traurigkeit verschwindet, wenn er von „Zuhause" erzählt, damit meint er die hohen Berge, die Almwiesen und die klare Luft. Dann bekommt er ganz leuchtende Augen und einen vergnügten Mund. Ansonsten ist Norbert sehr gemütlich und geduldig, er bleibt fast immer ruhig. Das Einzige, was ihn wirklich aufregt, sind die vielen Hundehaufen in Berlin. So etwas hätte es in Österreich nicht gegeben. Friedel kann den Ärger gut verstehen, er ist einmal beim Balancieren auf dem kleinen Mäuerchen am AEG-Gelände ausgerutscht und mit allen Anziehsachen in einen riesigen Hundehaufen gefallen. Zum Glück hatte er es nicht mehr weit. Den Nachhauseweg in der Abenddämmerung hat er in Unterhose und barfuß angetreten. Die stinkenden Sachen mit spitzen Fingern weit von sich haltend, kam er schniefend zu Hause an.

Ganz anders als Norbert ist der kleine, freche Hotte mit den Stoppelhaaren: Hotte ist sehr sportlich, wieselflink und äußerst geschickt. Er klettert im Nu überall herauf und herum und ist schwer zu fassen. In der Klasse still auf einem Holzstuhl zu sitzen, ist eine Qual für ihn. Die ganze Schule ist für ihn nur erträglich durch die Hofpausen und den Sportunterricht. Friedel ist nicht direkt unsportlich, aber der Sportunterricht macht ihm kein Vergnügen. Schon der Geruch von feuchten Socken und Schweiß, der ihm in der Umkleidekabine entgegenschlägt, benebelt seine Sinne. Der Geruch, den die Gummimatten ausströmen, bringt ihn fast um. Besonders beim Bodenturnen, wenn er mit der Nase ganz dicht über der Matte hängt. Beim Handstand und Radschlagen plumpst er wie betäubt auf die qualmende Gummimatte.

Wenn er den Kopf wieder hebt, hat er Sorge, von wild umher fliegenden Bällen getroffen zu werden. Norbert geht es so ähnlich wie ihm, aber besonders Hotte und die anderen Jungs werden in der Turnhalle zu wilden Tieren, die nicht mehr Freund noch Feind kennen: „Wirf doch endlich! Mach hinne, nein, nicht s o ! Geh doch aus dem Weg!" Friedel hat keinen Spaß an Bällen, besonders wenn sie fliegen. Er kann auch nicht so gut werfen, vielleicht liegt es daran. Rennen ist in Ordnung, aber am liebsten draußen in der frischen Luft und nicht in dieser stinkigen Turnhalle, vor allem nicht im Kreis. So wartet er im Sportunterricht immer auf das erlösende Klingeln und dass Hotte und die anderen wieder „normal" werden.

Hotte ist im Sportverein, bei den Reinickendorfer Füchsen. Er hat sogar ein Trikot, richtige Sportschuhe und einen kleinen silbernen Pokal, den zeigt er stolz vor, als Friedel ihn zu Hause besucht. Friedel ist beeindruckt. Es gibt so viele Dinge, die anders sind bei Hotte. Hottes Frechheit, die gefällt Friedel gut, und die Ideen, die er immer sofort umsetzt. Friedel erzählt ihm, wie der Freund seines großen Bruders Jan neulich auf die Straßenlaterne vor ihrem Haus geklettert ist und von oben herunter gepinkelt hat. Dafür hat es allerdings mächtig Ärger gegeben, die Oma hat es vom Fenster aus gesehen und ist wie eine Furie hinaus gestürmt und hat getobt. Hottes Augen leuchten bei dieser Geschichte und Friedel kann ihn nur mit Mühe davon abhalten, auf die nächste Laterne zu klettern. Stattdessen stellen sie sich nebeneinander auf die alte Schulmauer an der Rückseite des

Hofes und machen Wettpinkeln. Hotte kommt weiter, aber Friedel kann länger. Unentschieden also.

Hotte kann gar nicht verstehen, wieso Friedel keinen Spaß am Sport hat. Friedel dagegen kann nicht nachvollziehen, wieso jemand Schreiben, Lesen, Rechnen und Zeichnen hasst. Handarbeit hassen sie beide. Beim Roller-Wettrennen gewinnt Hotte immer, er ist einfach unglaublich schnell. Auch bei seinen Hausaufgaben ist er schnell, zu schnell, und Friedel hilft ihm manchmal, damit Fräulein Herrmann nicht so viele rote Bemerkungen in sein Heft schreiben muss. Das scheint Hotte aber nicht allzu viel auszumachen, nur seine Mutter freut sich sehr, dass da ein Junge zu Besuch kommt, der nicht nur Sport im Kopf hat.

In der Klasse sitzt Hotte ganz weit vorn, da hat ihn Fräulein Herrmann gut im Blick und kann ihn ermahnen, wenn er wieder hin und her zappelt. Hotte findet seinen Platz ganz in Ordnung, denn von dort kann er nach dem Klingeln als Erster durch die Tür hinaus ins Freie sausen. Auch Friedel saust manchmal morgens, aber in die andere Richtung. Wenn er beim Frühstück trödelt und die Schulglocke hört, muss er wie ein geölter Blitz die Baseler Straße hinauf rennen, damit er mit dem zweiten Klingeln pünktlich in der Klasse ist. Das gelingt ihm nicht immer, und da Fräulein Herrmann sehr pünktlich ist, bekommt er ab und zu diesen gefürchteten strengen Blick von ihr ab, einmal sogar die Frage, warum diejenigen, die am dichtesten an der Schule wohnen, denn wieder mal die spätesten sind. Da gucken alle zu Friedel hinüber und der wird puterrot.

Sein Freund Norbert hat damit keine Probleme, er ist immer einer der Ersten morgens und lässt sich auch Zeit mit dem Nachhausegehen. Norbert rennt nicht gerne, er hat es am liebsten gemütlich. Friedel staunt, er ist überhaupt nicht gerne zu früh irgendwo. Aber auch in seiner Familie ist es so: Man kommt immer auf den letzten Drücker oder zu spät. Kurz vorher muss immer noch alles Mögliche erledigt werden, alles unglaublich wichtige Dinge natürlich, und dann gibt es Hektik, weil man so spät dran ist. Eine Familienkrankheit, sozusagen. Wie auch das Vergessen. Wenn man in aller Eile losflitzen muss, vergisst man schon mal etwas: das Zubinden der Schuhe, den Anorak, den Apfel oder das Pausenbrot. Ganz schlimm: die Elternunterschrift im Heft oder das Mäppchen.

Als Tante Anna einmal in der kleinen Pause in die Schule kommt, um Friedel das vergessene Frühstücksbrot zu bringen, hört sie schon im Gang ein wüstes Schreien und Toben durch die offen stehende Klassentür nach draußen dringen. Als sie die Klasse betritt, sieht sie zu ihrem großen Erstaunen Friedel auf einem Tisch tanzen, angefeuert von einem johlenden Pulk von Kindern, die um den Tisch herum springen. Fast unbemerkt von den Kindern legt sie ihm die Brote auf den Platz und denkt im Hinausgehen: *Komisch, so wild und aufgedreht kenne ich ihn von zu Hause gar nicht!* Auf Nachfrage gibt sich Friedel mittags wortkarg, sie hätten über Indianer gesprochen und das dann in der kleinen Pause nachgespielt. Aber als Fräulein Herrmann hereingekommen wäre, hätten sie alle wieder brav auf ihren Plätzen gesessen.

Oma Biesdorf

Friedel hat eine Großmutter und eine Oma. Die Großmutter wohnt in Lichterfelde und die Oma in Biesdorf. Biesdorf liegt in Ostberlin, und als damals diese Mauer gebaut wurde, konnte die Familie Oma Biesdorf nicht mehr besuchen. Auch Oma durfte nicht mehr hinüber zu ihrem Sohn und ihren Enkelkindern. Fast zwei Jahre hat Friedel seine Oma nicht mehr gesehen. Dabei war er immer so gerne zu Besuch nach Biesdorf gefahren. In Ostberlin gab es andere Busse als im Westen: Schmutzig-gelbe Busse mit einer „Schnauze" vorne dran, aus der es dampfte. Fast wie ein feuerspeiender Drache aus dem Bilderbuch. Er freute sich immer schon Tage vorher auf die Fahrt mit dem Schnauzenbus. Aber das war noch nicht alles: Die letzte Strecke bis Biesdorf fuhren sie mit dem „O-Bus". Der hatte hinten eine lange Stange zur Oberleitung, fuhr also mit Strom wie eine Straßenbahn, aber nicht auf Schienen. Aufregend. So etwas gab es in West-Berlin nicht, noch nicht mal Straßenbahnen gab es dort.

Wenn sie in Biesdorf ausstiegen, war der trübe Grauschleier und der ewige Benzindunst der Innenstadt verschwunden, hier konnte man wieder durchatmen und in die Ferne schauen, auf die weiten Rieselfelder. Von der Bushaltestelle war es noch ein kurzer Fußweg bis zum kleinen Häuschen von Oma, der Weg war sandig und es staubte ordentlich, wenn man rannte. Und es lohnte sich zu rennen, denn wenn man als Erster in den kleinen Flur hineinkam, sah man auch als Erster die schöne goldene Blechdose, die dort immer auf dem kleinen Schränkchen stand. Wenn man den Deckel vorsichtig öffnete, duftete es köstlich heraus nach Pfefferminz, Malz und Anis. Das Schöne war: Die Kinder durften dort immer ran und sich einen „Bönger", so nannte Oma die Bonbons, herausnehmen.

Die Zimmer waren sehr klein und kalt, es gab diesen sehr speziellen Geruch von Kälte und klammer Feuchtigkeit im Schlafzimmer. Wenn Friedel abends unter die schwere, klamme Bettdecke kroch, brauchte es lange, bis die Körperwärme sich allmählich unter der Decke ausbreitete. Im Winter konnte er den Atemhauch sehen und an den kleinen Fenstern bildeten sich Eisblumen. Geheizt wurden bloß die Küche und die Wohnstube, dort wurde auch gebadet, denn ein Extra-Badezimmer gab es nicht. Die schwere Zinkwanne wurde hereingeschleppt, Wasser auf dem Herd heiß gemacht und dann stieg ein Kind nach dem anderen ins Badewasser, wurde ordentlich „abgeschrubbt" und hinterher mit dem großen Handtuch trocken „gerubbelt". Klar, dass man davon nicht nur sauber, sondern auch warm wurde.

Hinterher gab es Apfel- oder Holundersaft von den Bäumen und Hecken im Garten. Der Garten war wild, ideal zum Toben und Spielen. Hinter dem Garten konnte man direkt weiter auf die Felder laufen. In der Mitte des Gartens gab es eine große, schwere Holzklappe, die nur Erwachsene öffnen durften. Das war der Eiskeller, ein unterirdischer Vorratsraum, den der Opa, als er noch lebte, in die Erde gegraben hatte. Wenn Friedel mal mit hinunter durfte, hatte er immer ein bisschen Angst, dass die Holzklappe oben zuklappen könnte und sie für immer in der dunklen, kalten und feuchten Erde begraben sein würden. Das Haus selbst hatte keinen Keller, Vorräte wurden im Eiskeller gelagert.

Friedel liebte den Sommer in Biesdorf, die Zeit der Erdbeeren und der Süßkirschen. Die Kirschenpärchen hängte er sich als Schmuck über die Ohren, eine Zeitlang zumindest, bis sie gegessen wurden. Im Herbst kletterte er zusammen mit Jan auf die Bäume, um Äpfel und Pflaumen herunterzupflücken. Wenn ein Kind sich beim Klettern und Spielen verletzt hatte, pustete Oma Biesdorf einfach den Schmerz weg. Anschließend wurde bei sehr schlimmen Schmerzen der große Topf Florena-Salbe geholt, das war eine Wundersalbe, schon ein paar Tage später war von den fürchterlichsten Wunden nur noch ein bisschen Schorf zu sehen.

Aber das ist alles so lange her, die Erinnerungen werden immer blasser. Biesdorf ist so weit weg wie ein Märchen aus einer anderen Zeit. Manchmal kommen Erinnerungen ganz plötzlich und unvermittelt hervor. Da riecht etwas auf einmal wie in Biesdorf, ein bestimmter Geruch, schwer zu beschreiben, bringt plötzlich die Erinnerung wieder herbei. Der Geruch der feuchten, dunklen Erde, der Geruch der Holzlasur, mit der Zaun und Holzflächen im Garten bestrichen waren - intensiv, fast beißend in der Nase. Der Geruch der frisch gepflückten Erdbeeren, des Flieders im Garten - auf einmal ist alles wieder da: Biesdorf, Häuschen, Garten, Oma. Und eines Tages ist Oma Biesdorf selbst tatsächlich wieder da: Da steht sie leibhaftig in der Tür mit zwei Koffern und weint und lacht und redet, alles gleichzeitig.

Die Kinder können es erst gar nicht glauben. Zwar ist schon oft die Rede davon gewesen, wann denn endlich Oma Biesdorf die Ausreisegenehmigung in den Westen bekommt, zu oft, und immer war die Hoffnung vergeblich gewesen, es könnte bald so weit sein. Als die Mauer gebaut wurde und Mutter so krank wurde, durfte sie nicht herüber. Als Mutter starb, der Vater zusammenbrach unter der Last und die Tanten sich die Klinke in die Hand gaben, durfte sie nicht herüber. Alles Betteln, Flehen, Schimpfen, Weinen half nicht. Ihr Biesdorfer Häuschen hatte sie schon längst verkauft, nein, verschenkt, zwangsweise. Bei der Tochter in Wriezen war sie untergekommen. Auf gepackten Koffern saß sie Monate lang und wartete auf die Genehmigung, ihrem Sohn und seinen vier Kindern im Westen zu helfen. Und plötzlich ist sie wirklich da, als keiner mehr damit gerechnet hat.

Oma Biesdorf kommt und packt mit an, das kann sie gut. Sie verliert kein Wort über das, was sie zurückgelassen hat, jammert und klagt nicht, sondern fängt einfach an. Mit Tante Anna versteht sie sich gut, die beiden ergänzen sich im Haushalt reibungslos. Immer hat Oma die blau-weiße Schürze um, bis abends, wenn alles getan ist. Oft sitzt sie in der Küche mit der großen weißen Emaille-Schüssel mit dem blauen Rand auf dem Schoß und schält blitzschnell einen riesigen Berg Kartoffeln für die große Familie. Reis und Nudeln gibt es selten. Das Essen ist eher einfach, es geht darum, viele Münder satt zu bekommen. Friedel ist meistens eher am Nachtisch als am Hauptgericht interessiert und wacht mit großen Augen darüber, dass es auch ja gerecht zugeht beim Verteilen der Portionen auf die Schälchen. Tante Anna gibt sich große Mühe, es allen recht zu machen, Friedel hilft ihr gerne bei der Gerechtigkeitskontrolle und berät sie bei der schwierigen Frage, welcher Teller denn noch einen kleinen Zuschlag braucht.

Trotz der normalerweise schlichten Küche gibt es einige Höhepunkte: Der dunkle Schokopudding mit den weißen Eischnee-Tupfern am Sonnabend nach dem Badefest zum Beispiel, oder der Sonntagskuchen, meistens Quarkkuchen mit Korinthen. Im Herbst und Winter kommt Omas absolute Spezialität zum Einsatz: Apfelstrudel. Dann wird die Küche abgeschlossen, man hört Oma drinnen rumoren: Teigklumpen werden auf den Tisch geworfen und ausgerollt. Bei dieser Arbeit darf sie auf keinen Fall gestört werden. Beim Äpfel schälen und schneiden am Anfang darf man noch zugucken, aber wenn der Teig ins Spiel kommt, will sie alleine sein. Friedel hüpft vor der verschlossenen Küchentür auf und ab und kann es gar nicht mehr erwarten, wo doch der Duft von gebratenen Äpfeln schon langsam durch die Türritze in den Flur dringt.

Genauso köstlich wie Omas Apfelstrudel, zu dem es warme Vanillesauce gibt, sind ihre Hefeklöße. Bei der Herstellung dürfen die Kinder dabei sein. Die ganze Küche ist dabei in Dampf gehüllt. Friedel darf zusehen, wie die zuerst kleinen Klöße im Wasserdampf langsam wachsen. Sie liegen auf Handtüchern, die Oma mit Einweg-Gummis über den großen Topf gespannt hat. Dazu gibt es ausgelassene Butter, Zucker, Mohn und eine Soße aus getrockneten Pflaumen und Aprikosen. Bei diesem Essen leckt Friedel seinen Teller hinterher bis zum letzten Krümel sauber und versinkt mit seligem Lächeln in den Stuhlkissen: So oder ähnlich muss es im Schlaraffenland zugehen, mehr Glück kann er sich nicht vorstellen.

Das Erwachen kommt etwas später mit dem Aufräumen: Jedes Kind hat bestimmte Dienste im Haushalt, die ab und zu gewechselt werden. Abräumen und Tisch putzen, Spülen, Abtrocknen, Mülleimer rausbringen - alles ist eingeteilt. Das klappt nicht immer reibungslos und manchmal nur mit Ermahnungen, Meckern und Murren, aber grundsätzlich schon. Der Vater bedankt sich nach jedem Essen bei den Hausfrauen und hilft meistens auch bei der Beseitigung der Trümmer mit, bevor er sich diskret zum Mittagsschläfchen zurückzieht. Wenn er abwäscht, nimmt er immer so viel Spüli, dass er riesige Schaumberge auf Wasser und Geschirr zurücklässt.

Oma bekommt ein eigenes Zimmer unter dem Dach, eine Bonbondose gibt es hier auch wieder, so dass Friedel und vor allem Bine öfter mal dort oben vorbeischauen, bevorzugt nach dem Mittagsschläfchen. Was Oma gar nicht mag: Wenn die Kinder sich streiten. Ihr Standardspruch ist: „Der Klügere gibt nach!" Das bekommt natürlich erst einmal der Ältere serviert als Aufforderung, dem Jüngeren einfach aus dem Weg zu gehen. Friedel will nicht der Klügere sein, er will sein Recht, er will gewinnen. Leider sieht das Jan so ähnlich, wenn er Streit mit ihm hat. Nachgeben? Niemals! Oma kann das nicht begreifen. Sie geht Streit immer aus dem Weg, nie hören die Kinder, dass sie sich mit Tante Anna oder Vater streitet, das kommt einfach nicht vor. Sie ist anscheinend immer zufrieden, so wie es ist.

Wenn sie mit den Kindern schimpfen muss, ruft sie laut „Potschdimadonna!", manchmal haut sie dabei auch mit der flachen Hand auf die Tisch- oder Stuhlkante. Das finden die Kinder so lustig, dass sie ab und zu extra ein bisschen nachlegen, bis Oma endlich wieder das schöne

Wort ruft. Oft müssen dann alle lachen, auch Oma. Die schlimmste Drohung von ihr ist: „Dann musst du zur Strafe heute Abend barfuß ins Bett!" Inzwischen hat selbst Binchen begriffen, dass dies keine ernsthafte Strafe ist und ruft dann quietschvergnügt: „Au ja, barfuß ins Bett!" Auf jeden Fall bekommen alle dadurch wieder bessere Laune und Oma lächelt zufrieden in sich hinein.

„Potschdimadonna" ist übrigens nicht das einzige neue Fremdwort, das Oma mitbringt, sie ist auch sonst nicht gerade zimperlich bei ihrer Wortwahl: „Pass mal auf, du kleiner Schieter!" ist nicht bös gemeint, Friedel mag aber überhaupt nicht als „kleiner Schieter" bezeichnet werden.

Sonntags wird immer gespielt. Oma liebt Kartenspiele, am liebsten Rommé, aber an diesem Sonntag ist „Denkfix" dran, ein neues Spiel, das Bea zum Geburtstag bekommen hat. Es gibt eine Scheibe zum Drehen mit Buchstaben in der Mitte, und es geht darum, möglichst schnell schwierige Fragen zu beantworten, die auf einer Karte stehen. Bea bezweifelt stark, ob Friedel schon mitspielen sollte, weil er ja erst in der ersten Klasse ist und doch noch „von nichts `ne Ahnung hat". Friedel protestiert lautstark gegen diese Unterstellung und wird schließlich am Spieltisch geduldet, aber nicht wirklich als Mitspieler akzeptiert.

Als er eine vermeintlich richtige Antwort dazwischenruft, bekommt er von Bea giftige Blicke herüber geschossen und Oma meint: „Nu ruf mal nicht immer dazwischen, du kleiner Schieter!" Beleidigt verlässt Friedel den Raum, überlegt kurz, ob er sich in sein Schmoll-Versteck unter dem Bett begeben soll, bis ihn schließlich jemand holt, der sich bei ihm für das erlittene Unrecht entschuldigt. Er hat allerdings schon öfter erlebt, dass keiner kam, um alles wieder gut zu machen, so dass die Wut immer größer wurde und sich schließlich zu düsteren Phantasien steigerte: *Wenn ich jetzt sterbe, dann werden sie schon sehen, wie gemein sie zu mir waren. Dann werden alle heulen und jammern, aber dann ist es zu spät!*

Aber jetzt gerade hat er eine bessere Idee: Er flitzt in das leere Arbeitszimmer seines Vaters. Als Tante Anna nach ihm guckt, weil sie sich Sorgen macht, ob er sich den „kleinen Schieter" zu sehr zu Herzen nimmt, sieht sie ihn auf dem Sofa, völlig vertieft in das dicke Lexikon, in dem er blättert, so dass er sie gar nicht bemerkt. Zehn Minuten später ist er wieder am Spieltisch, breit grinsend und die finsteren Blicke von Bea ignorierend. Dann endlich kommt sein großer Auftritt: „Philosoph mit ..." Die Scheibe mit den Buchstaben dreht sich noch und bleibt schließlich stehen. „ ... mit K!" Wie aus der Pistole geschossen platzt es aus Friedel heraus: „Kant!" Als die anderen ihn völlig verständnislos anstarren, legt er nach: „Immanuel Kant!"

Bewegte Bilder

Friedel ist ja schon fast sieben Jahre alt und war immer noch nicht im Kino. Dabei darf man doch schon mit sechs Jahren dorthin, einige Kinder aus seiner Klasse waren schon da und erzählen begeistert. Er quengelt und drängelt so lange, bis die Familie ihn schließlich mitnimmt: Vater, Tante Anna, Bea, Jan und er. Oma bleibt zu Hause und hütet Binchen. Stolz schreitet er durch die riesigen Glastüren im „Zoo-Palast". Na klar kennt er Winnetou, Jan hat ihm schon ganz viel erzählt. Wenn sie beide Winnetou spielen, muss er sich meistens mir der Rolle des Schurken begnügen, den immer irgendwann sein gerechtes Ende ereilt. Jan spielt die Hauptrollen Old Shatterhand und Winnetou abwechselnd. Friedel darf sich zwar anschleichen und listig und gemein sein, aber am Ende liegt er immer tot im Staub und bekommt, was er verdient.

Im Kino lümmelt er sich gemütlich in den weichen Kinosessel, bis ein großer Mann sich vor ihn setzt und ihm den Blick versperrt. Tante Anna tauscht mit ihm den Platz, so dass er wieder etwas sehen kann, wenn er sich ein bisschen reckt. Es beginnt mit Werbung, die Leinwand ist riesig und die Musik sehr laut. Friedel zappelt auf seinem Sitz hin und her, oft duckt er sich auch, wenn etwas Großes auf ihn zukommt. Wenn es zu spannend wird, geht er mit dem Kopf runter und schaut sich das rote Polster an, manchmal hält er sich sogar die Ohren zu. Tante Anna merkt, wie nervös und aufgeregt er ist, als er immer wieder vor Spannung die Finger am Mund hat und an den Nägeln knabbert, legt sie ihre Hand auf seine. Eine Weile geht das gut, dann irgendwann ist es wieder so spannend, dass er zappeln und knabbern muss.

Als dann aber am Schluss Nscho-tschi, die schöne Schwester von Winnetou, von dem gemeinen Schuft Santer getötet wird, ist es um seine Fassung geschehen. Er ist außer sich vor Wut und möchte am liebsten aus dem Kino rennen. Aber das kann er nicht riskieren, vor den Augen von Bea und Jan bei seinem ersten Kinofilm heulend raus zu laufen. Als der Abspann kommt und die Familie sich in das allgemeine Gedrängel Richtung Ausgang schiebt, zittert Friedel vor Anspannung und Kummer, während die Gesichter von Bea und Jan strahlen. Er versucht sich zusammenzureißen, aber Vater hat gleich mitbekommen, was los ist und murmelt: „War doch noch ein bisschen früh für unseren Kleinen!" Das macht Friedel erst richtig wütend. Wer ist hier bitteschön klein? Die „Kleine" ist ja wohl Bine, und die ist zu Hause bei Oma, weil sie noch nicht ins Kino darf.

Aber Filme üben trotz aller Schrecken, oder vielleicht gerade deshalb, einen magischen Zauber aus. Wenn Friedel irgendwo die Chance hat, einen Blick auf bewegte Bilder zu werfen, nutzt er sie. Es gibt zu Hause noch keinen Fernseher, auch Hotte und Norbert haben leider noch keinen Norberts Mutter sagt, das wäre Zeitverschwendung und würde die Menschen zu Stubenhockern machen. Aber ein paar Straßen weiter gibt es eine ältere Dame, Frau Sonnemann, die der Vater als Gemeindepfarrer gelegentlich zusammen mit seinen Kindern besucht. Und Frau Sonnemann hat einen Fernseher im Wohnzimmer! Also beschließen Jan und Friedel, die alte Dame öfter einmal durch einen Nachmittagsbesuch zu erfreuen. Frau Sonnemann freut sich tatsächlich immer riesig, Besuch von den Jungs zu bekommen, bittet sie herein, bietet ihnen eine Milch oder einen Kakao an, dazu Kuchen oder Kekse und plaudert mit ihnen.

Nach fünf oder zehn Minuten sagt sie dann: „Jetzt wollen wir doch mal sehen, ob etwas im Fernsehen kommt!" Die Jungs wissen natürlich genau, dass etwas kommt: „Am Fuß der Blauen Berge" etwa, eine spannende Westernserie, oder: „Ivanhoe", der Ritter des Königs. Auch hier versteckt sich Friedel manchmal hinter dem Sofa und hüpft aufgeregt hin und her, wenn es spannend wird. Aber die Filme sind kürzer und auf dem Nachhauseweg spielt er mit Jan nach, was er gesehen hat. Nur eins ist klar: Seit „Winnetou" weigert er sich, den Schurken zu spielen. Er hasst alle Santers dieser Welt von ganzem Herzen und wünscht ihnen den Tod. Wenn sie zu Hause ankommen, heißt es: „Pscht! Nichts den Eltern verraten!" Es dauert eine ganze Weile, bis zufällig einmal das Geheimnis der häufigen Besuche bei Frau Sonnemann herauskommt. Die Eltern schimpfen nicht, begrenzen aber die Besuche auf einmal in der Woche.

Das ist natürlich wenig, wenn man erst einmal so richtig auf den Geschmack gekommen ist. Schnell haben die beiden Jungs in der kleinen Laubenkolonie nebenan ein Häuschen entdeckt, wo nachmittags öfter der Fernseher läuft. Das Schöne ist: Wenn man draußen vor dem Wohnzimmerfenster steht, kann man alles mitgucken. Da stehen sie also, Friedel trippelt von einem Fuß auf den anderen, und gucken „Am Fuß der Blauen Berge". Den Ton kann man nur sehr leise hören dort draußen, aber das Bild ist prima. Einmal, als es besonders spannend ist, schreit Friedel vor Schreck laut auf. Der Mann guckt zum Fenster und sieht dort die beiden kleinen Gestalten. Er winkt mit der Hand, sie sollen hereinkommen. Friedel ist unsicher, ob sie das Angebot annehmen sollen, aber Jan erkennt seine Chance, nimmt den kleinen Bruder an der Hand und geht mit ihm in das kleine Häuschen.

Das ältere Ehepaar, das dort wohnt, ist nicht böse, dass sie mitgucken wollen, im Gegenteil, die beiden scheinen sich über ihren Besuch zu freuen. Sie erzählen, dass sie die Jungs schon öfter mal draußen gesehen hätten, und sie könnten dort doch nichts hören vom Film. Manchmal sind auch noch die beiden Enkelkinder da, dann platzt die kleine Wohnstube aus allen Nähten. Von da an haben Friedel und Jan zwei feste Termine in der Woche. Davon dürfen die Eltern allerdings wirklich nichts wissen. Sie wundern sich nur darüber, wie oft Jan mit dem kleinen Bruder draußen „spielen geht". Und sie spielen ja tatsächlich hinterher immer noch alles nach, inzwischen singen sie auch schon die Titelmusik mit.

Einige Wochen später bieten die Eltern den fernsehverrückten Jungs etwas an: Im „Alhambra" im Wedding gibt es einen preisgekrönten französischen Kinderfilm, der „Krieg der Knöpfe", den dürfen sie sich zusammen angucken. Kino ist ja schließlich allemal besser als diese Fernsehserien, sagen sie. „Knöpfe" hört sich harmlos an, hoffentlich nicht zu harmlos, denkt Friedel, er will schließlich keinen Kleinkinderfilm sehen. Jan macht ihn darauf aufmerksam, dass es ja „Krieg" heißt, und das würde bedeuten, dass es natürlich kein Kinderkram ist, sondern mit Kampf zu tun hat. Aufgeregt und voller Erwartungen laufen sie zusammen die lange Müllerstraße hinunter bis zum großen Kino Ecke Seestraße. Jan kauft die Kinokarten und hat noch etwas Kleingeld in der Tasche für eine Florida Boy mit Strohhalm, die teilen sie sich beide. Aber auch dieser Film wird eine harte Prüfung für Friedel.

Schon zu Beginn zeigt sich, dass Jan Recht hatte: Hier wird wirklich gekämpft, und zwar mit allen Mitteln. Grausame und wilde Jugendbanden überfallen sich gegenseitig, schreien, schlagen, treten, reißen sich die

Klamotten kaputt und die Knöpfe von den Jacken und Hosen. Und das Ganze in Überlebensgröße und voller Lautstärke. Friedel kriegt schon wieder Schiss, hält sich abwechselnd die Augen und Ohren zu und zappelt dermaßen hin und her, dass er mehrmals von Jan einen Schubser in die Seite bekommt. Dann nimmt er sich wieder für ein paar Minuten zusammen, aber irgendwann kann er die Spannung einfach nicht mehr aushalten und muss wieder zappeln. Leichenblass kommt er aus dem Kino, kontrolliert erst einmal, ob noch alle Knöpfe an seiner Jacke befestigt sind und hat diesmal auf dem Rückweg überhaupt keine Lust, irgendetwas aus dem Film nachzuspielen. Auch Jan scheint der Film zugesetzt zu haben. Schweigend trotten sie nach Hause.

Wie beruhigend dagegen die Fernsehserien. Hier weiß man schon, was einen erwartet und dass nach kurzer Zeit alles wieder gut ist. Nein, Kino ist nicht das Wahre - ein Fernseher muss her! Dieser Wunsch wird monatelang immer wieder bei passenden und unpassenden Gelegenheiten geäußert. Tante Anna und Vater sind dagegen, so dass schließlich Oma in die Wünsche der Jungen eingeweiht wird. Sie ist nicht so strikt dagegen wie die Eltern und vertröstet die Kinder, sie sollten mal ein wenig Geduld haben. Und dann, eines Tages ist es tatsächlich so weit: Ein Fernseher kommt ins Haus! Eine Sensation! Er kommt nicht ins Wohnzimmer, sondern in das kleine Dachstübchen von Oma und ist Omas Fernseher! Ein Traum in weißem Schleiflack, Marke "Braun", das Modernste, was auf dem Markt ist. Vater hat ihn vom Elektrohändler liefern lassen.

Wie es sich bei so einem ungewöhnlichen Ereignis gehört, wird der neue Apparat festlich eingeweiht. Die

Nachbarn kommen in Omas kleine Stube, es gibt zur Feier des Tages Salzstangen, Fischlis und Holundersaft, Vater überprüft noch einmal den Antennenanschluss und dann kommt der große Moment. Er drückt auf den Schalter, es knackt ganz kurz, alle starren gebannt auf den Bildschirm. Es ist wirklich ein ausgesprochen schöner Fernseher, etwas ganz Besonderes. Weißer Schleiflack. Sehr elegant. Aber es kommt kein Bild! Vater hüstelt nervös, sagt etwas wie: „Beim ersten Mal kann es ein bisschen dauern!". Schließlich wird es auch ihm zu lang, er überprüft noch einmal den Schukostecker: Der sitzt perfekt in der Steckdose. Auch die Antenne ist in der vorgeschriebenen Buchse. Er drückt noch einmal auf den Schalter, wieder dieses kleine, kurze Knacken, fast ein Zischen - und weiterhin Stille, kein Ton, kein Bild, nichts!

In der Folge werden jetzt sämtliche Regler ausprobiert: Lautstärke, Klang, Sender - alles umsonst. Der Fernseher gibt keinen Mucks von sich und steht schön, aber blind in seiner Ecke. Vaters Kopf ist inzwischen hochrot. Während die Frauen sich angeregt über andere Dinge unterhalten, Saft trinken, Fischlis essen und den Fernseher gar nicht mehr beachten, stehen die Männer vor dem Apparat und fachsimpeln. Das Meisterstück deutscher Ingenieurskunst bleibt stumm. Wie kann das nur sein? Vater wird immer nervöser, er schimpft mit sich selbst, warum er denn nicht vorher schon einmal ausgetestet habe, ob der teure Apparat überhaupt funktioniere. Die Kinder hören erstaunt, wie er sich selbst als „Rindvieh" und „Hornochse" bezeichnet, sogar der Ausdruck „Nasentier" fällt, der sonst eigentlich nur gebraucht wird, wenn Jan oder Bea etwas angestellt haben.

Dann stürmt er schimpfend aus dem Zimmer, holt seinen Mantel aus der Wohnung und geht hinaus auf die Straße. Die Festgesellschaft in Omas Zimmer löst sich irgendwann auf, man bedankt sich für die nette Einladung und die Bewirtung und verabschiedet sich ohne Groll. Nur die Kinder sind natürlich sehr geknickt, besonders die Jungs. Es hätte der Beginn eines neuen Zeitalters werden können. Tante Anna spielt mit ihnen eine Runde Karten, um sie abzulenken und dann kommt endlich Vater nach Hause und erzählt beim Abendbrot, dass der Händler am nächsten Tag kommen und das Gerät austauschen werde. An diesem Abend liest er eine extra lange Gute-Nacht-Geschichte vor.

Am nächsten Abend klappt es dann endlich. Friedel wird fast verrückt vor Aufregung, als es nach dem Knopfdruck tatsächlich nicht nur knistert, sondern ein Bild auf dem Bildschirm erscheint. Er tanzt vor Freude in Omas kleiner Stube auf und ab, bis Oma schließlich sagt: „Nu setz dich mal wieder auf deinen Podex und schau zu!" Die Fernsehzeitschrift, die sie in der darauffolgenden Woche besorgt, heißt aber „HörZu". Komischerweise. Eigentlich müsste sie „SchauZu" heißen, denn natürlich ist das Hörfunkprogramm des RIAS und SFB nicht halb so interessant wie das Fernsehprogramm für die kommende Woche. Die Kinder lieben diese Zeitschrift mit Mecki, dem Igel. Obwohl sie die allermeisten Sendungen, die dort angekündigt werden, nicht sehen dürfen. Aber die Vorfreude auf das, was sie sehen dürfen, wird durch die bunten Bilder enorm gesteigert.

Oft schleicht Friedel die Treppe hoch zu Omas Dachstübchen, um mal unverbindlich nachzuschauen, ob vielleicht zufällig der Fernseher gerade läuft. Aber Oma guckt selten alleine und hat außerdem immer etwas zu tun, im Raum nebenan etwa, wo die große „Plätte" steht, in der sie Berge von gewaschener Wäsche plättet. Auch dabei schaut Friedel ihr gerne zu und hält ein kleines Schwätzchen mit ihr. Manchmal hilft er ihr auch mit den großen Laken und Tischdecken und bringt anschließend den vollen Wäschekorb nach unten in die Wohnung. Dann darf er sich zur Belohnung einen „Bönger" aus ihrer Bonbondose nehmen. Aber manchmal bringt er ihr auch die HörZu und weist sie darauf hin, dass jetzt gerade doch dieser Kinderfilm läuft. Dann studiert sie die Fernsehzeitung, fragt nach, ob das der erste Film in dieser Woche ist, den er sehen darf und schickt ihn dann in ihre Stube hinüber. Vorher läuft er natürlich noch schnell zu Jan hinunter, denn zu zweit gucken macht viel mehr Spaß als alleine.

Aber am schönsten ist es, wenn die ganze Familie in Omas kleinem Stübchen hockt und eine Ratesendung guckt oder die spannenden Dreiteiler, die später im Zweiten Programm gezeigt werden: „Die Schatzinsel" und „Robinson Crusoe". Die sind allerdings so spannend, dass Friedel immer wieder einmal aufspringen, herausrennen oder die Nägel vor Aufregung abknabbern muss. Das ist fast wie im Kino, die Musik und die Bilder verfolgen ihn noch nächtelang in seinen Träumen. Vor allem die Musik.

Urlaub mit Wasserleiche

Endlich ist es so weit: Die Sommerferien stehen vor der Tür und damit der erste Urlaub mit dem neuen Auto „Grauchen", einem grauen „VW Variant" mit Heckklappe. Vater hat den Führerschein gemacht, um die Familie im eigenen Auto in den Urlaub zu kutschieren. Er ist zwar im Krieg schon Lastwagen gefahren, aber seitdem völlig aus der Übung und musste noch einmal ganz von vorn lernen, wie man einen PKW ohne Zwischengas schaltet und sicher durch den Stadtverkehr fährt. Er erzählt oft, dass er dabei „Blut und Wasser" schwitzte, bestand aber schließlich im ersten Anlauf nach vielen Fahrstunden die Prüfung. In den ersten Tagen danach sah man ihn stundenlang an der Baseler Straße das Einparken üben. Vor, zurück, noch einmal vor, aussteigen, gucken, Kopfschütteln, wieder einsteigen, wieder zurück und vor, noch einmal aussteigen und den Abstand zum Bordstein überprüfen ...

Als er sich schließlich sicher genug fühlt, gibt es kleine Ausflüge in den Tegeler Wald oder an die Havel. Bea und Bine kommen in die Heckklappe und gucken hinten hinaus, Jan und Friedel sitzen mit Oma auf der Mittelbank. Das ist aufregend und macht Spaß. Oma hält sich oben am Griff fest, Friedel und Jan halten sich am Sitz oder aneinander fest und johlen vor Vergnügen, wenn sie in Kurven nach rechts oder links fliegen. Oma ruft immer: „Nicht so schnell, Gerhard!"

Nun also der erste Auto-Urlaub: Vater und Tante Anna vorne, hinten jede Menge Gepäck und mitten darin die beiden Mädchen. Oben auf dem Dachgepäckträger der Rest: ein großes schwarzes Indianerzelt, Töpfe, Pfannen, Geschirr, Besteck, Schlafsäcke, Luftmatratzen, Campingkocher, Propangas und andere nützliche Dinge mehr. Vater sagt, Grauchen liegt vollgepackt gut auf der Straße und kommt am Berg nur sehr langsam von der Stelle. Wegen der Luftkühlung muss man achtgeben, dass der Motor nicht qualmt und immer wieder ausgiebige Pausen machen. Das ist für die beiden Mädchen gut, denn sie rufen ab und zu, ihnen würden in der Heckklappe die Arme und Beine einschlafen. Auch für Friedel sind die Pausen günstig, denn er leidet unter der schlechten Luft in der Mitte und braucht zwischendurch immer wieder Frischluft und Bewegung.

Die erste große Gedulds- und Nervenprobe ist die Ausreise aus Berlin am Grenzübergang Staaken. Lange Autoschlangen, warten, anfahren, stoppen, Fenster herunter kurbeln, Ausweise heraus reichen. Warum sind fast alle Grenzbeamten Sachsen? *Gennsefleisch mol das rechte Ohr freimoche?* Oma fängt an zu kichern, Vater zischt böse nach hinten und wird vor Aufregung rot wie eine Tomate. Der Grenzer bestaunt alle freigelegten Ohren und fragt nach mitgeführten Waffen, Funkgeräten, Zeitschriften und Devisen. Oma fragt: „Was für Wiesen?" Jetzt geht es richtig los: *Gennsefleisch mol den Gofferraum oufmache?* Vater springt eilfertig heraus und fummelt an den Seilen und Schnüren, die das Dachgepäck festhalten, um an die Kofferraumklappe heranzukommen. Binchen winkt begeistert. Als die Klappe aufspringt, fällt zuerst das Gepäck heraus, dann purzeln Bea und Bine hinterher. Anschließend wird alles ausgeräumt, natürlich müssen auch die anderen aussteigen, sämtliche Sitze werden hochgehoben, im Tank wird herumgestochert, mit Spiegeln und Lampen wird das Auto von unten untersucht, der Motorraum wird ausgiebig besichtigt. Gnädigerweise darf Vater das Dachgepäck, das er zu Hause stundenlang zurechtgeschoben, gestaucht und festgezurrt hat, oben lassen, da stochert der Grenzer nur ein bisschen mit einer Stange herum.

Eine Stunde später darf dann alles wieder eingepackt werden und die Fahrt auf der Transitstrecke durch die DDR beginnt: Eine abenteuerliche Fahrt auf schlecht gepflasterten und nur notdürftig ausgeschilderten Landstraßen quer durch die ostdeutsche Provinz, vorbei an Ribbeck und seinem berühmten Birnbaum, das Gedicht wird natürlich rezitiert. Vater hat eine Riesenpanik, vom Transitweg abzukommen, das ist nämlich streng verboten, ebenso wie jeder Kontakt mit der einheimischen Bevölkerung. Pause machen in der DDR? Das kommt nicht in Frage! Nach dem Weg fragen? Nur im äußersten Notfall!

Am Ende der Transitstrecke dann endlich die Ausreisestelle Boizenburg. Hier wird richtig gründlich untersucht, ob nicht vielleicht ein paar DDR-Bürger im Tank oder in anderen Hohlräumen mitgenommen wurden. Oma kann sich kesse Bemerkungen nicht verkneifen, wenn wieder so ein Sachse den Kopf zum Autofenster hineinsteckt: „Welches Ohr würden Sie denn gerne sehen, junger Mann?" oder: „Darf ich den Mantel anbehalten?" Also wieder aussteigen, ausräumen und warten.

Nach überstandener Grenzprozedur ist der Tag weit fortgeschritten und Vater fast völlig am Ende. Jetzt geht es darum, das erste Etappenziel Hamburg anzusteuern, wo schon Tante Ellen wartet, Vaters Cousine. Je näher Hamburg kommt, desto nervöser wird Vater. Er hat Angst vor dem Großstadtverkehr. Berlin kennt er inzwischen, da kommt er zurecht, auch wenn er manchmal schon Kilometer vor dem Ziel parkt, aus Sorge, er könne vor Ort womöglich keinen Parkplatz finden. Aber Hamburg, eine Großstadt, fast so groß wie Berlin, das ist eine neue Herausforderung. Zumal Tante Anna mit der Landkarte, die Vater ihr gegeben hat, nicht viel anfangen kann. Sie lotst ihn nach Gefühl, was ihn immer nervöser macht: „Ich habe das Gefühl, wir fahren hier immer nur im Kreis herum!"

„Dann halt doch mal da vorne an, wir fragen den älteren Herrn!"

„Anna, ich k a n n hier nicht anhalten, hier ist Halteverbot!"

„Dann eben da hinten bei der Frau!"

„Ich fahre jetzt auf den nächsten Parkplatz! Das hat doch alles keinen Sinn!"

Vater gibt schnell auf, da ist es gut, dass Tante Anna die Ruhe behält und ihre gute Laune nicht verliert. Sie kommt strahlend wieder und bringt von zwei Leuten zwei verschiedene Wegbeschreibungen mit, wie man am besten zur Palmer Straße kommt. Die werden jetzt durchprobiert. „Es ist ganz in der Nähe!" lautet die frohe Botschaft, die aber die inzwischen nörgelig gewordenen Kinder nicht wirklich beruhigen kann. Die erste Beschreibung ist eigentlich prima, aber nicht für Autos, denn schon die erste Abbiegung ist gesperrt, ein großer Papp-Polizist steht im Wege und lächelt freundlich, aber bedauernd. Die Umleitungsschilder enden an der übernächsten Kreuzung, jetzt kann man sich die weitere

Umleitung selbst ausdenken und steht kurze Zeit später wieder vor einem Papp-Polizisten. Also in die andere Richtung? Einbahnstraße! Jetzt fahren sie wirklich im Kreis und landen schließlich wieder bei dem ersten Papp-Polizisten, der diesmal schadenfroh zu grinsen scheint. Vater verliert die Fassung: „Ich mach das Theater nicht mehr mit! Überall diese idiotischen Papp-Polizisten! Wir stellen das Auto jetzt hier ab und laufen zu Fuß!"

Das ist eine ausgezeichnete Idee, denn 50 Meter weiter geht die Palmer Straße ab, wo Tante Ellen schon lange mit heißem Kakao und Bergen von Würstchen und Kartoffelsalat auf die Gäste aus Berlin wartet. Es gibt ein großes Hallo und Tränen und Umarmungen ohne Ende, Friedel ist froh, endlich aus dem Auto heraus zu kommen und sich bewegen zu können. Nachts schlafen alle nebeneinander auf Luftmatratzen im Gemeindesaal neben Tante Ellens kleiner Wohnung und gehen dann am nächsten Morgen gut ausgeruht und gestärkt wieder auf die Piste. Tante Ellen staunt, was alles in das Auto passt und winkt zum Abschied noch lange hinterher. Die Fahrt aus Hamburg heraus mit seinen ganzen Papp-Polizisten geht erstaunlich gut, an der Stadtgrenze atmet Vater hörbar erleichtert aus. Die gute Laune und Ferienstimmung ist wieder da. Jetzt dauert es wirklich nicht mehr lange, die Kinder freuen sich auf Meer, Wellen und Strand. Vater fängt an zu singen, ein gutes Zeichen: *Sing man tau, sing man tau, von Herrn Pastor sin Kau jau jau ...* Zwischendurch fragt er: „Kinder, riecht ihr's auch schon?"

„Waaas?"

„Schnuppert mal, die Luft wird schon ein bisschen salzig. Es riecht nach Meer!"

„Jaaaa!"

Endlich ist es da, das Meer. So schnell es geht, wird das Zelt aufgebaut und das Auto entladen. Dann geht es mit Grauchen direkt an den Strand. Beim Aussteigen bemerken sie schon den Menschenauflauf, aufgeregte Männer kommen direkt zum Auto gelaufen. Eine junge Frau ist ertrunken, sie muss direkt nach Tönning ins Krankenhaus gebracht werden. Die Familie steigt verwirrt aus, Vater klappt die Rücksitze um, so dass eine lange Ladefläche entsteht. Braungebrannte, muskulöse Männer bringen die Frau zum Auto und lagern sie auf der Ladefläche, ein Sanitäter steigt mit ein und setzt die Wiederbelebungsmaßnahmen fort, ein anderer Mann steigt zu Vater vorne ins Auto. Dann rast Vater mit Beleuchtung und wild hupend mit Höchstgeschwindigkeit auf der Landstraße zur nächsten Kreisstadt. Leider vergeblich. Als sie im Krankenhaus ankommen, wird der Tod festgestellt.

Für die Kinder sind die ersten Urlaubstage untrennbar mit der Wasserleiche im Auto verbunden. Bea erzählt Jan und Friedel mit verschwörerischer Miene alles über Leichenstarre und rät ihnen, sehr vorsichtig zu sein und nichts zu berühren im Auto, es wäre alles noch infiziert, man könne es auch riechen. Friedel findet in der Tat, dass das Auto seit diesem Tag nach Leiche riecht. Ihm wird jetzt regelmäßig schlecht, wenn er im Auto mitfährt. Das Thema „Tod" lässt ihn nicht los, es lauert überall und verfolgt ihn bis in seine Tag- und Nachtträume.

Er erinnert sich jetzt wieder an den Urlaub im letzten Jahr in Neustadt: Da fuhren sie immer mit einem Bus zur Ostsee, der dort im Sand an den Dünen wendete und dann wieder zurückfuhr. Bea hatte ihm einmal erzählt, wie sich ein Bus im Sand an den Dünen festgefahren hatte und nicht mehr wegkam. Diese Geschichte hatte sich Friedel in allen Einzelheiten ausgemalt, er konnte es genau sehen, wenn er die Augen schloss: Der einsame Bus im Sandsturm in den Dünen, ein verzweifelter Fahrer, ein heulender Motor, Räder, die sich immer weiter in den Sand eingraben, bis zuerst die Reifen und schließlich der ganze Bus vom Sand verschluckt werden. Verschwunden und begraben für immer, bis zum Jüngsten Tag.

Eine seiner Lieblingsbeschäftigungen am Strand war gewesen, tiefe Löcher zu buddeln und hineinzukriechen. Manchmal buddelten sich auch Jan und er gegenseitig zu, so dass nur noch der Kopf heraus guckte. Es war ein seltsames Gefühl, wenn der Körper kalt, starr und unbeweglich wurde, wie abgetrennt vom Kopf. So war es also, wenn man in einer Gruft lag. Dann kamen die Würmer und bohrten langsam kleine Löcher in den Körper. Was steht auf dem Grabstein seiner Mutter? *Gar nichts verdirbt, der Leib nur stirbt ...* Wie ist es, wenn der Leib stirbt? Ist es so, alles wird kalt und man fühlt nichts mehr? Oder wie schlafen? Was hatte Vater damals gesagt? *Mutti ist eingeschlafen!* Manchmal schlief Friedel der Arm ein oder das Bein, dann spürte er nichts mehr. Aber man konnte es wieder aufwecken, so dass alles ringsum kribbelte wie Tausend Ameisen. Mutti war nicht mehr aufgewacht. Obwohl doch auf ihrem Grabstein über den „Leib" steht: *Doch wird er auferstehen, und in ganz verklärter Zier aus dem Grabe gehen.* Wie kann ein Mensch denn auferstehen, wenn die Würmer ihn auffressen?

Der Strand hier in Sankt Peter Ording ist sehr breit und unendlich weit, bis zum Horizont. Friedel spielt gerne in den Wellen, läuft auf sie zu und lässt sich von ihnen umschmeißen und herumwirbeln. Er liebt das Kribbeln unter den Fußsohlen, wenn der nasse Sand wieder zurückströmt zum Wasser und unter seinen Füßen Löcher im Sand entstehen, die dann wieder von der nächsten Welle mit Wasser aufgefüllt werden. Jan und Bea können schon schwimmen, sie schwimmen mit Vater zusammen weit hinaus, dort wo man nicht mehr stehen kann. Friedel kann nur Hundepaddeln, Vater hat ihm verboten, weiter ins Wasser hineinzugehen als bis zum Bauch. Aber es reizt ihn natürlich sehr, auszuprobieren, wie weit er gehen kann. Manchmal gibt es Löcher im Boden und er versinkt für einen Moment bis zum Hals. Manchmal zieht ihn auch eine Welle weiter hinaus und er muss ordentlich paddeln, um wieder sicher zu stehen. Dann muss er an die Wasserleiche denken und rennt schnell wieder in die sichere Zone zurück.

Dort liegt Oma im nassen Sand und strampelt wild mit den Beinen. Sie passt auf Bine auf, die manchmal neben ihr und manchmal auf ihr sitzt, die beiden spielen „Dampfer". Bine strampelt kräftig mit und juchzt vor Vergnügen, wenn wieder eine Welle kommt und sie überspült. Oma kann auch nicht schwimmen, hat aber viel Spaß am Wasser. Friedel ist für solche Spiele wie „Dampfer" natürlich schon viel zu groß, er schaut aber immer wieder zu den beiden herüber, während er am Strand interessante Steine und Muscheln sucht, eine winzige Qualle wieder zurück ins Wasser bringt und kleine Würmer findet, die in Sandlöchern leben. Bald entdeckt er auch die kleinen Vögel, die den Strand nach diesen Sandwürmern absuchen und mit lustigen, hüpfenden Bewegungen immer am Wassersaum entlang tippeln, dort wo auch der Schaum liegen bleibt und

Algen und Muscheln. Friedel ist so in seine Beobachtungen versunken, dass er plötzlich nicht mehr genau weiß, wo er ist. Er schaut sich um, der Strand ist riesig, überall Menschen, überall bunte Badehosen, Sonnenschirme, Wasserbälle. Er geht langsam zurück, kann aber Oma und Bine nicht entdecken. Er schaut aufs Meer, ob er draußen Vater, Bea und Jan sieht. Keiner zu sehen. Im Gewimmel am Strand sieht er auch nichts Vertrautes.

Wie weit ist er wohl hinter den Vögeln hergelaufen? Alles kommt ihm plötzlich fremd vor. Dieser Mast mit der Fahne, war der vorhin auch schon da? Und das weiße Holzhaus, hat er das schon einmal gesehen? Ratlos trottet Friedel über den Strand und guckt in alle Richtungen. Überall fremde Gesichter. Schließlich hat er eine Idee: Wahrscheinlich sind die anderen schon zum Campingplatz zurückgegangen. Ob er den findet? Klar, da ist doch ein Schild mit einem Zelt darauf. Er folgt dem Schild und gelangt auf einem Sandweg schließlich zum Campingplatz. Und jetzt? Da, das Waschhaus kennt er, da hat er heute Morgen Zähne geputzt. Das Zelt muss ganz in der Nähe sein. Er geht einmal um das Waschhaus herum und da sieht er es auch schon: Das große schwarze Indianerzelt, da läuft er jetzt hin. Aber es ist zugeknöpft. Keiner da. Egal, er wird hier warten, die anderen werden schon irgendwann zurückkommen zum Zelt.

Er holt sich aus dem Zelt eine Luftmatratze und macht daraus einen Sessel, so wie er es bei Bea gesehen hat. Darauf setzt er sich und wartet. Wie spät es wohl ist? Er bekommt Durst. Und Hunger. Er schaut im Zelt nach, ob er etwas findet und entdeckt eine kleine Dose Ültjes-Kerne. Die öffnet er und setzt sich damit in Warteposition auf seinen Luftmatratzen-Sitz vor dem Zelt. Von den

Erdnüssen bekommt er noch mehr Durst. Er läuft zum Waschhaus und trinkt Wasser aus dem Kran. Was sagt Oma immer? *Nie Obst essen und dazu Leitungswasser trinken!* Zum Glück hat er ja kein Obst gegessen. Er läuft wieder zu seinem Wachposten und macht es sich dort gemütlich. So gemütlich, dass er einschläft, die eine Hand an der Ültjes-Dose, die andere in seinen Locken verzwirbelt. Er träumt, er würde am Strand entlang laufen, weiter und weiter bis zum Horizont. Der Wind weht ihn immer weiter und schließlich breitet er die Arme aus und fliegt! Als Bea sich über ihn beugt und sagt: „Wir haben dich überall gesucht. Hier bist du also!" schlägt er die Augen auf und sagt lächelnd: „Ich kann fliegen!"

Lichterfelde

Bei seiner Großmutter und seinem Opa in Lichterfelde ist Friedel sehr gerne. Sie wohnen in einer kleinen Reihenhaussiedlung am Teltowkanal. Man muss mit Bussen und U-Bahn durch die ganze Stadt fahren, wenn man dorthin will, eine kleine Ewigkeit. Aber jetzt mit dem neuen Auto geht es etwas schneller. Obwohl Friedel am liebsten dort ist, wenn nicht die ganze Familie dabei ist. Dann hat Großmutter Zeit nur für ihn, das ist wie im Paradies. Schon im Eingang fragt sie ihn: „Na, Friedel, was soll ich uns denn mal Schönes zu essen machen?" Auf diese Frage hat er immer die gleichen Antworten. Er träumt schon Tage vorher von den wunderbaren Dingen, die er bei seiner Großmutter zu essen bekommt. Und das

Allerbeste ist Blumenkohl mit Holländischer Soße und zum Nachtisch „Errötendes Mädchen".

Natürlich ahnt Großmutter immer schon, was er sich wünschen wird, und hat den Blumenkohl schon eingekauft auf dem Wochenmarkt in Lichterfelde-Ost oder im Supermarkt „Gebrüder Manns", wohin sie fast jeden Tag mit ihrem Fahrrad fährt. Friedel hat sie schon oft mit dem Roller begleitet, der Weg ist nicht weit. Wenn Großmutter vom Einkauf wieder zu Hause angekommen ist, vergleicht sie erst einmal jeden einzelnen Posten auf dem Kassenzettel mit den Waren im Einkaufsnetz und rechnet genau nach. Einmal wurden zwei Pakete Schichtkäse abgerechnet, sie hatte aber nur eines gekauft. Schwupps, packte sie alles wieder ein und fuhr zurück zu Gebrüder Manns, um ihr Geld zurückzuholen. Sie sagt immer: „Man muss genau aufpassen, sonst wird man nur betrogen!" und ist auf die Gebrüder Manns nicht gut zu sprechen. Aber es ist der einzige Lebensmittelmarkt in der Nähe.

Beim Zubereiten seines Lieblingsgerichts schaut Friedel gerne zu, besonders bei der Soße. Die wird im Dampfbad zubereitet, Zitronenschale wird darüber gerieben, vorher ein Ei hineingeschlagen und verrührt. Dazu der Geruch von schwarzem Pfeffer und frisch geriebenen Muskatnüssen, einfach köstlich. Dazu gibt es Pellkartoffeln, die Großmutter für ihn vorher abpellt. Das „Errötende Mädchen" ist ein Nachtisch aus selbstgemachtem Apfelkompott mit Stücken, das mit roten Gelatine-Streifen, die vorher in Wasser aufgelöst werden, leicht gefärbt wird. Dazu gibt es selbst gekochte Vanillesoße. Friedel kann sich beim besten Willen nicht vorstellen, dass es irgendeinen Genuss auf dieser Welt gibt, der es mit Errötendem Mädchen und Blumenkohl mit Holländischer Soße aufnehmen kann. Außer vielleicht Omas Apfelstrudel und Hefeklöße.

Aber natürlich kann es nicht jeden Tag das gleiche geben, und es gibt ja auch noch die anderen Mahlzeiten. Großmutter hat einen dunkelroten Rowenta-Toaster, wenn Friedel zum Frühstück hinunterkommt, darf er ihn bedienen: Die beiden Seitenklappen werden aufgeklappt, das geschnittene Weißbrot hineingelegt, und dann bewacht Friedel nach dem Zuklappen den Apparat, damit der Toast nicht anbrennt. Wenn die ersten Toast-Duftschwaden durch die Küche ziehen, werden die Seitenklappen schnell geöffnet und das geröstete, braun gestreifte Brot fällt heraus. Mit Omas selbst gemachter Marmelade oder einem Velveta-Käse-Eckchen bestrichen – wunderbar! Dazu kocht sie ihm ein weiches Frühstücksei und macht ihm ein Müsli mit geriebenem Apfel. Damit fängt der Tag schon einmal gut an. Zum Abendbrot gibt es kleine Schnittchen mit Velveta, Leberwurst oder Rügenwalder Teewurst und einem kleinen Gürkchen oder einem kleinen Stück eingelegten Kürbis obenauf.

Auch für den kleinen Hunger zwischendurch ist bei Großmutter immer gesorgt. Sie hat in ihrem Reihenhaus-Gärtchen nicht nur die verschiedensten Beerensträucher, Nuss-, Birnen- und Apfelbäume, sondern auch Reineclauden und Quitten. Die hellen, süßen Pfläumchen weckt sie ein, aus den kleinen, harten Quitten, die aussehen wie Äpfel, macht sie Quittenkonfekt, sehr süß und köstlich, das gibt es vor allem in den Wintermonaten als Nascherei.

Großmutter ist immer beschäftigt, sie trägt im Haus stets ihre blau-weiße Schürze, die sie auch als Lappen benutzt, wenn ein Einweg-Glas nicht sofort aufgehen will oder etwas sehr kalt oder sehr heiß ist. Friedel ist stolz, wenn er Großmutter helfen kann, es gibt eigentlich immer Arbeit: Die Äpfel vom Baum pflücken, den Rasen sprengen, die Kartoffeln aus dem Keller holen, den Briefkasten leeren, aufpassen, wenn die Müllabfuhr kommt … Großmutter nennt ihn „meinen großen Helfer", das macht ihn stolz.

Beim Frühstück planen sie zusammen den Tag, dann fühlt er sich wirklich wie ein Großer, ein gleichberechtigter Gesprächspartner. Wenn Großmutter ihn fragt, wie es denn Bine, Bea und Jan zu Hause in der Baseler Straße geht, erscheint immer eine tiefe Sorgenfalte auf ihrer Stirn. Friedel versucht sie davon zu überzeugen, dass alles bestens ist, hat aber das Gefühl, sie kann es nicht ganz glauben. Er weiß nicht so recht, warum. Hängt es mit der Himmelsmutti zusammen? Ihr Bild steht im Wohnzimmer, sie war ihre älteste Tochter. Macht sie sich Sorgen, ob Vater, Oma und Tante Anna alles gut schaffen? Er möchte nicht, dass sie Kummer hat und bringt das Gespräch schnell wieder auf ein anderes Thema.

Gerne liegt er auf dem Wohnzimmerteppich und zeichnet und schreibt. Großmutter hat kleine graue Hefte für ihn gekauft, darin arbeitet er ständig. Er entwirft Reklameseiten für selbst erfundene Produkte, schreibt Zeitungsartikel für eine imaginäre Zeitung, übersetzt die Bibel in die Alltagssprache, schreibt Gedichte und kleine Geschichten und produziert kleine und große Zeichnungen ohne Ende. Es ist ihm nicht recht, wenn jemand sich das anschaut, manchmal blättern die Tanten in seinen Heften und wollen erklärt haben, was er denn da gezeichnet und geschrieben habe. Er zeichnet und schreibt aber bloß für sich, er möchte es nicht erklären. Großmutter versteht das und packt seine Hefte zur Seite, wenn Besuch kommt.

In der Ecke hinter der Wohnzimmertür steht die „Alte Dame", eine riesige Standuhr mit großem, goldenen Pendel und wuchtigen, tiefen Schlägen, die durch das ganze Haus dröhnen. Friedel liebt diese Töne. Oft drückt er sein Ohr auf den Teppich und merkt, wie die Töne selbst den Fußboden zum Schwingen bringen. Auch wenn er nachts im Bett liegt, oben im ersten Stock der kleinen Wohnung, hört er die tiefen Schläge der Uhr die Nacht zerteilen. Es ist eine Beruhigung, ein hörbares Versprechen, dass die Zeit nicht stehen bleibt. Dass der nächste Morgen kommen wird, egal wie finster die Nacht ist. Es ist der Herzschlag des Lichterfelder Häuschens. Jeden Morgen nach dem Frühstück zieht Großmutter die schweren Gewichte der Alten Dame an der langen Kette auf, dabei spricht sie manchmal mit ihr wie mit einem alten Menschen.

Außer der Alten Dame gibt es im Wohnzimmer noch ein ganz besonderes Möbelstück, den „Elektrischen Stuhl". Das ist ein großer, bequemer Ohrensessel, der am Terrassenfenster steht und der für Opa reserviert ist. Er wurde vor einiger Zeit mit einem grauen Stoff neu bezogen, der sich beim Hinsetzen manchmal elektrisch auflädt und knisternde Funken produziert, wenn man wieder aufsteht. Deshalb wurde Opas Sessel von seinen Kindern scherzhaft und etwas spöttisch in „Elektrischer Stuhl" umbenannt. Das Aufladen passiert aber nur, wenn jemand Perlonstrümpfe oder Dralonhemden trägt. Opa sitzt nach wie vor gerne darauf, denn er trägt ja diesen neumodischen Kram nicht, der Funken macht.

Friedel ist früher, als er noch kleiner und leichter war, oft zu Opa auf den Schoß gekrochen. Dann haben sie „So fahren die Damen, so fahren die Damen" gespielt: Friedel saß auf Opas Knien und wurde weich hin und her gewiegt. Dann kam der härtere Trab: „So reiten die Herren, so reiten die Herren". Zum krönenden Schluss dann: „So stuckert der Bauer, so stuckert der Bauer!" Der wilde Galopp war erst dann beendet, wenn Friedel vom Pferd flog. Dabei verwandelte sich das Spielfeld in einen pommerschen Feldweg, Opa erzählte manchmal, wie schlecht die Feldwege im pommerschen Hinterland waren und wie es dabei „stuckern" konnte, so dass man hin und her geworfen wurde oben auf dem Bock. Er konnte, wie Großmutter auch, herrliche Geschichten erzählen, am liebsten hörte Friedel die von Großmutters Großvater:

„Der Großvater deiner Großmutter hatte den gleichen Namen wie du und war Landpastor in der pommerschen Provinz gewesen. Er hatte einen Kutscher, der ihn im Sommer mit der Pferdekutsche und im Winter mit dem Pferdeschlitten zu den weit verstreuten Dörfern seiner Gemeinde brachte. Bei solch einer Schlittentour saß der kleine und ziemlich rundliche Großvater dick eingemummelt und verschnürt hinten auf dem Schlitten. Die pommerschen Winter waren sehr kalt, wenn man nicht ganz dick eingepackt war, erfroren einem die Zehen, die Füße, die Hände, ja sogar das Gesicht. Als der Kutscher nach langer Fahrt im Dorf bei der Kirche ankam und sich umsah, war der Schlitten zu seinem großen Erstaunen leer. *Tau'm Düwel, wo is hei dann, de lütte Pastor, grad satt hei dar doch nog!"* rief er und schickte noch einen kräftigen Fluch hinterher. Dann wendete er die Kutsche und machte sich auf die Suche. Er fand die verlorene Schlittenladung endlich am Wegesrand im Wald in einer Schneeverwehung. Der Großvater war so gut eingepackt, dass er nicht erfroren war, als er vom Schlitten geflogen war, hatte sich aber auch nicht alleine befreien können und war dem Herrgott und dem treuen Kutscher sehr dankbar für seine wunderbare Errettung."

Heute kann Friedel leider nicht mehr auf Opas Schoß, wenn er auf dem Elektrischen Stuhl sitzt, aber er setzt sich gerne auf die breite Lehne, da ist er auch ganz dicht bei Opa. Opa hat einen enormen Kahlkopf, Großmutter sagt, einen pommerschen Dickschädel. Er hört nicht mehr so gut, besonders wenn viele Leute zu Besuch sind. Dann verliert er schon einmal den Gesprächsfaden und sagt manchmal etwas, was nicht so recht zum Gesprächsthema passt. Friedel hat den Eindruck, manchmal möchte er auch nicht alles verstehen. Aber wenn Friedel mit ihm alleine auf dem Sessel sitzt, versteht er jedes Wort.

Onkel Fritz ist ab und zu da, er ist Arzt und untersucht Opa, misst seinen Puls und gibt ihm gute Ratschläge, was er machen soll oder besser nicht mehr machen soll. Dann brummt Opa nur vor sich hin und macht dann doch alles so wie bisher. Er soll zum Beispiel morgens keine eiskalten Wannenbäder mehr machen. Das lässt er sich aber nicht verbieten. Jeden Morgen hört man ihn, wie er laut prustend und schnaufend in das eiskalte Wasser in die Badewanne steigt.

„Opa, warum hörst du nicht auf Onkel Fritz?"

„Was meinst du damit?"

„Onkel Fritz sagt, du kriegst noch einen Herzinfarkt, wenn du morgens kalt badest."

„Ach, das ist dummes Zeug! Ich bin früher, als wir noch in Rügenwalde gewohnt haben, immer in der Ostsee schwimmen gewesen, wenn es irgendwie möglich war. Ich war ein sehr guter Schwimmer, sehr ausdauernd. Ich bin immer weit hinaus geschwommen aufs Meer, geschwommen und getaucht. Auch im Frühjahr und im Herbst, wenn das Wasser sehr kalt war. Das hat mir gut getan. Manchmal habe ich die Rügenwalder Fischer erschreckt, wenn ich plötzlich hinter ihren Booten aufgetaucht bin und „Guten Morgen" gerufen habe. Das hat Spaß gemacht. Sie riefen dann „Guten Tag noch, Herr Pastor!" und staunten, wo ich plötzlich hergekommen war. Und weißt du, Friedel, hier in Berlin vermisse ich das Schwimmen im Meer. Deshalb lasse ich mir morgens das kalte Wasser ein und plansche ein bisschen."

„Ist das deine kleine Ostsee?"

Opa lacht sein dröhnendes Lachen: „Ja, vielleicht. Kannst du denn schon schwimmen?"

„Nein, ich kann nur Hundepaddeln. Aber Bea und Jan haben schwimmen gelernt. An der Nordsee sind sie mit Vater ganz weit rausgeschwommen."

„Das ist gut so, das höre ich gern." Opa schmunzelt und schaut in die Ferne. Dann dreht er den Kopf zu Friedel: „Kommst du mit mir mit? Ich mache einen kleinen Gang am Kanal entlang!"

Friedel hat Opa schon öfter begleitet auf seinem Spaziergang am Teltowkanal entlang. Opa braucht Wasser in seiner Nähe. Friedel bringt ihm Schuhe und Stock, sucht für sich selbst den hellen kleinen Wanderstock aus und los geht es. Am Wasser unten fragt Opa immer: „Nach rechts oder nach links?" und jedes Mal sagt Friedel: „Nach links!" Opa hat ihm einmal erzählt, dass weiter unten der Teltowkanal gesperrt ist, weil da die Grenze verläuft. Ein DDR-Bewohner ist dort bei dem Versuch, über den Teltowkanal nach West-Berlin zu schwimmen, erschossen worden. Seitdem möchte Friedel nicht mehr nach rechts, um nicht zu dicht an die Grenze zu kommen. Er passt auch immer auf, dass er nicht zu dicht am Wasser entlanggeht, damit er nicht hineinfällt und in den Osten getrieben wird.

Auf halbem Wege überqueren sie den Kanal und kehren in der „Wiesenbaude", einem Gartenlokal, ein. Das Wetter ist noch sommerlich und schön, sie setzen sich an einen der Tische, die draußen stehen und Opa bestellt für beide Berliner Weiße mit Schuss, Opa rot mit Himbeer, Friedel grün mit Waldmeister, ein riesiges Glas mit Schaum obendrauf und einem rot-weiß-gestreiften Strohhalm. Friedel lacht. Er hat noch nie aus so einem großen Glas getrunken, und natürlich auch noch nie Bier. „Opa, ist das richtiges Bier?" - „Nein, das sieht bloß so aus, das ist wie Limonade, lass dir's schmecken, Prost!" Die Stimmung auf dem Rückweg ist sehr ausgelassen, Friedel ist wie aufgedreht, er läuft vor und zurück und erzählt seinem Opa, der vergnügt dazu brummt, eine Geschichte nach der anderen.

Wieder bei der Großmutter angekommen, bekommt er mit, dass sie mit Opa schimpft. „Du kannst dem Jungen doch nicht Bier geben!"

„Aber es war doch nur Weiße, die hat doch keinen Alkohol! Du weißt doch, dass ich seit vielen Jahren selbst keinen Alkohol trinke, ich werde dem Jungen doch nicht Alkohol geben!"

„Na, ich weiß nicht, ob da nicht doch Alkohol drin ist!"

Friedel ist etwas besorgt, aber Opa zwinkert ihm zu und verzieht sich dann auf die Toilette. Das ist ein Ort, wo er ungestört sein möchte, und wo die Naturgewalten herrschen wie morgens beim kalten Wannenbad. Man kann ihn sicher auch noch im Nachbarhaus gut hören, aber das macht ihm nichts aus. Friedel stört auf dem „Klöchen", dem kleinen Klo unten neben der Haustür, dass dort nur zerrissene Zeitungsseiten als Klopapier hängen, aufgespießt an einen Haken. Das Zeitungspapier ist hart am Po und gleichzeitig rutschig, das findet er unangenehm. Auch stört ihn das Gefühl, geschriebene Worte am Po zu haben und Druckerschwärze. Deshalb geht er lieber die Treppe hoch ins Bad, dort gibt es richtiges Klopapier von der Rolle.

Im Badezimmer steht auch die kleine, runde Miele-Schleuder, in die Großmutter nach dem Waschen die Wäsche steckt. Friedel guckt gerne dabei zu, denn diese kleine, runde Maschine bewegt sich beim Schleudern, hüpft manchmal sogar hin und her, und ab und zu kommt ein Schwall Wasser aus einem Ablaufrohr. Großmutter sagt dann zu ihm: „Friedel, pass doch bitte auf, dass die Schleuder nicht davon hüpft und uns die ganze Badestube unter Wasser setzt!" Sie legt ihm zur Sicherheit einen Scheuerlappen daneben und ihr „großer Helfer" passt gut auf, dass das Wasser in die Wanne läuft, sobald sie anfängt zu spucken. Wenn sie zu große Sprünge machen will, hält er sie fest. Auch beim Ausräumen hilft er und beim Runtertragen der frisch gewaschenen Wäsche in den Keller, wo die Plättmaschine steht.

Friedel schläft bei Großmutter im Schlafzimmer, dort ist ein kleines Klappbett mit Vorhang, das wird abends ausgeklappt und dann wird der Vorhang zugezogen. Im Schlafzimmer hängt auch ein Bild vom alten Pfarrhaus in Schmolsin, dem Geburtsort der Großmutter in Hinterpommern. Man sieht vor dem Haus ein kleines Flüsschen, die Lupo, und eine winzige Brücke. Großmutter erzählt manchmal, wie sie als Kinder früher am wackeligen Steg über der Lupo spielten und dabei auch öfter ins Wasser fielen. „Wir mussten alle ganz früh schwimmen lernen, damit wir uns retten konnten, wenn einer von uns in die Lupo fiel!" Friedel kennt „Lupo" nur als Comic-Figur aus den Fix und Foxi-Heften, die Hotte ab und zu in die Schule mitbringt. In seiner Phantasie vermischen sich der pommersche Fluss und die Comicfigur zu einer Art Flussgottheit, die kleine Kinder wie „Küchlein" verschlingt. „Küchlein" kommt im Gutenachtlied vor, das Großmutter Friedel am Bett vorsingt:

Breit aus die Flüglein beide, o Jesu meine Freude
und nimm dein Küchlein ein.
Will Satan mich verschlingen, so lass die Englein singen.
Dies Kind soll unverletzt sein.

Ist Großmutter dann gegangen und hat den kleinen Vorhang rund ums Bett zugezogen, träumt Friedel vom Flussgott Lupo, der wie Satan kleine Kinder und Küchlein verschlingen will. Friedel liebt dieses Lied sehr, er hört an der Inbrunst, mit der die Großmutter singt, dass ihm nichts passieren wird, fürchtet sich aber trotzdem vor Satan und diesen merkwürdigen Küchlein.

Er hat die Großmutter nie gefragt, was das denn für Küchlein sind. Auf jeden Fall möchte er, dass der Vorhang ums Bett einen Spaltbreit offen bleibt, damit ihn die Engel auch im Blick behalten, die um das Bett fliegen. Auch die Tür soll angelehnt bleiben, damit Friedel die Stundenschläge der Alten Dame aus dem Wohnzimmer gut hören kann. So fällt auch immer etwas Licht ins Zimmer, Friedel mag es nicht, wenn es stockdunkel wird. Manchmal hört er auch noch Stimmen herauf tönen, den tiefen Bass von Opa und von Onkel Hans, das helle Lachen von Tante Carola, das beruhigt ihn in seinem kleinen Klappbett und er träumt davon, was es morgen wohl zu essen gibt.

Friedel mag alles, was seine Großmutter kocht. Er schaut ihr gerne dabei zu. Sie ist so ruhig und freundlich dabei, jeder Handgriff ihrer großen, faltigen Hände sitzt, ihr gelingt einfach alles. Wenn bei Familienfesten alle Herrlichkeiten aufgetragen werden, bis die Tafel sich unter der üppigen Last biegt, futtert Friedel regelmäßig, bis er nicht mehr kann. Dann verzieht er sich für eine Viertelstunde aufs Klo, wenn möglich auf das obere mit Klopapier, um anschließend wieder weiter zu essen. Er kann die schreckliche Vorstellung nicht ertragen, er könnte am Ende irgendeine der Köstlichkeiten verpasst haben.

Zur Adventszeit kommt dann immer noch das Paket der pommerschen Wurstfabrik Brandenburg dazu, die aus alter Verbundenheit der Rügenwalder Pfarrfamilie die ganzen Köstlichkeiten der alten Heimat schickt: Spickbrust und Gänseschmalz, Schinken, Pastete und geräucherte Würste. Letztes Jahr im Urlaub an der Ostsee haben sie einen Besuch in der Wurstfabrik am Timmendorfer Strand gemacht. Friedel fand es schrecklich. Laut war es und kalt, überall hingen große, tote Tiere, die mit Sägen zerschnitten wurden. Als er anfing zu weinen, hat ihn Herr Brandenburg auf den Arm genommen und hinaus gebracht in sein Büro. Da war es besser auszuhalten gewesen, aber von den toten Tierhälften hat er in den Nächten danach geträumt. Wenn jetzt das Paket von Brandenburg bei der Großmutter ankommt, muss er wieder daran denken. Aber wenn die Leberwurst und Teewurst bei Großmutter auf dem Tisch liegt, greift er gerne zu. Auch Stullen mit Griebenschmalz mag er sehr gerne. Großmutter guckt immer, dass er viele Grieben auf seiner Stulle hat.

Friedel hat sogar einen Mantel, der „Schweinebraten" heißt. Das kam so: Er sollte zu Weihnachten von den Großeltern einen neuen, warmen Wintermantel bekommen. Also fuhren Großmutter und er nach Steglitz ins Kaufhaus Peek und Cloppenburg und suchten dort einen schönen Mantel aus. Beim Anprobieren musste er die Augen zukneifen, weil es ja ein Weihnachtsgeschenk werden sollte. Natürlich blinzelte er ab und zu, er sollte ihm ja gefallen. Er musste versprechen, dass er bis Weihnachten alles vergessen sollte, auch, dass er überhaupt einen neuen Mantel bekam. So wurde auf der Rückfahrt nur noch ganz geheimnisvoll vom „Schweinebraten" gesprochen, den sie gekauft hätten. Die Kaufhaustour hatte lange gedauert, Großmutter und Friedel hatten erschöpft, aber glücklich im Bus noch einen Platz erwischt. Friedel hielt die große Tüte mit dem „Schweinebraten" fest umklammert und freute sich darauf, bald wieder in Lichterfelde im Warmen zu sein.

Es wurde voll im Bus und eine ältere Frau stellte sich direkt mit ihrer dicken Einkaufstasche vor Friedel, schaute böse erst ihn, dann Großmutter an und begann, sich sehr laut und mit keifender Stimme darüber zu beklagen, dass es anscheinend nicht mehr üblich sei, dass Kinder für Erwachsene Platz machen. Friedel wollte erschrocken aufstehen, aber seine Großmutter hielt ihn zurück und antwortete der Frau ebenso laut und deutlich, dass auch Kinder das Recht hätten, nach einem anstrengenden Fußmarsch zu sitzen. Die Frau zog schimpfend weiter, die anderen Fahrgäste schauten zu ihnen hinüber, manche nickten freundlich, andere schüttelten den Kopf und blickten böse oder strafend die Großmutter an. Friedel war es sehr unangenehm, von allen Seiten angestarrt zu werden. Gleichzeitig war er stolz auf seine Großmutter, die ihn verteidigt hatte.

In der Zeit, in der Friedels Mutter im Krankenhaus war, ist er sehr oft in Lichterfelde gewesen, manchmal zusammen mit seiner kleinen Schwester. Lichterfelde ist für ihn ein zweites Zuhause, er kennt hier jeden Winkel. Die meisten der vielen Onkel und Tanten sind schon ausgezogen, kommen aber regelmäßig zu Besuch oder telefonieren abends kurz „an", um zu berichten, ob alles in Ordnung ist. Abends ist Telefonzeit. Das große, schwarze Telefon im Wohnzimmer steht nicht still. Friedel beobachtet die Großmutter oft beim Telefonieren. Sie meldet sich immer sehr förmlich und will nie mit dem Vornamen angeredet werden. Auch von ihren erwachsenen Kindern und deren Ehepartnern nicht, die nennen sie nur „Mutter", die Enkelkinder „Großmutter". Die Gespräche am Telefon sind meistens kurz: Nur bei Krankheiten und besonderen Vorfällen kann es mal länger als fünf Minuten dauern. Wenn er am Telefon dem Vater Hallo sagt, heißt es meistens: *Wir wollen nicht zu lange reden, Telefonieren ist teuer.*

Friedel kennt keinen Menschen, der solch ein Gedächtnis hat wie seine Großmutter. Sie weiß die Wochentage, Stunden und besonderen Umstände von allen Geburten ihrer acht Kinder und der ganzen Enkelkinder. Auch Kinderkrankheiten, Impfungen und alle anderen lebenswichtigen Einzelheiten kann sie im Schlaf aufzählen. Friedel fragt sie oft, wie es war, als er geboren wurde und ein Kleinkind war. „Friedel, du warst ein ordentlicher Schreihals, du konntest beim Trinken nie genug bekommen. Du bist im Martin-Luther-Krankenhaus zur Welt gekommen und warst mit sieben Pfund und 54 Zentimetern das größte Baby in deiner Familie. Dein Vater war zu der Zeit auf einer Jugendfreizeit in Bielefeld, er war ganz überrascht, als er am Telefon erfuhr, dass du schon da bist. Leider bekam deine Mutter eine Brustentzündung und konnte dich nicht mehr weiter stillen. Sie musste ins Krankenhaus und du kamst zu mir. Ach, du warst so ein niedlicher Bursche, mit einem gewaltigen Kopf. Nur die Haare wollten nicht wachsen, du hast dir lange Zeit gelassen damit."

„Hatte ich dann eine Glatze wie Opa?"

„Ja, du hattest eine wunderschöne Glatze, nur viel weicher als bei deinem Großvater. Aber der guckte dich immer ganz stolz an und sagte: *Man sieht sofort, dass das mein Enkelkind ist!* Mit anderthalb Jahren bekamst du etwas Flaum auf deinem runden Kopf und mit zwei kamen endlich die Locken. Dafür bekamst du dann auch ganz besonders schöne Locken. So schöne Locken brauchen ihre Zeit!"

„War ich denn die ganze Zeit hier bei dir?"

„Nein, natürlich nicht. Als deine Mutter wieder gesund war, kamst du zurück nach Reinickendorf. Aber zwischendurch warst du immer wieder mal hier bei mir. Deine Tante Carola freute sich immer ganz besonders auf dich. Sie nahm dich auch manchmal auf ihrem Rad mit. Leider ist dabei einmal dein Füßchen hinten in die Speichen gekommen. Das war schlimm. Sie hat genauso doll geweint wie du und wir haben einen riesigen Schreck bekommen. Du wurdest zum Rittberg-Krankenhaus gebracht. Du warst schon vier Jahre und sehr tapfer. Wir haben einen alten Kinderwagen für dich besorgt, damit haben wir dich immer zum Krankenhaus und wieder zurück gefahren. Dein Bein war bandagiert, du durftest nicht laufen. Du hast eine Krücke bekommen wie dein Großvater. In dieser Zeit warst du auch viele Wochen hier bei mir."

„Bin ich denn wieder richtig gesund geworden?"

„Aber sicher, heute kannst du doch wieder rennen und toben, als wenn niemals etwas gewesen wäre. Aber als du klein warst, bist du sehr oft krank gewesen!"

„Was hatte ich denn?"

„Du hattest zweimal eine Leistenbruch-Operation, mit zwei und drei Jahren, da lagst du mehrere Wochen im Kinderkrankenhaus. Das war auch schlimm. Wir durften dir nur von draußen durch die Scheibe zuwinken. Und einmal hattest du eine ganz schwere Bronchitis. Aber du warst immer ein tapferer kleiner Bursche und hast das alles gut überstanden. Zum Glück!"

„Man kann ja auch an einer Krankheit sterben ..."

„Ja, leider!"

Großmutters Blick ging plötzlich ganz weit in die Ferne und ihre Augen wurden ganz dunkel und traurig. Friedel wusste, dass sie jetzt an die gleiche Person dachte wie er.

„Warum sterben einige Menschen an ihrer Krankheit und die anderen werden wieder gesund, Großmutter?"

„Das kann dir keiner sagen, Friedel. Damit müssen wir uns abfinden. Nur der liebe Gott weiß das."

„Aber warum lässt er manche Menschen einfach sterben? Kann er nicht alle wieder gesund machen? Der Jesus hat doch auch alle gesund gemacht."

„Ich weiß es nicht, Friedel. Ich würde mir wünschen, es wäre so."

Die Hochzeit

Vater und Tante Anna wollen heiraten! Sie werden eine große Hochzeit feiern! Im Urlaub an der Nordsee kam es heraus und nun muss Friedel es überall herum erzählen: „Weißt du schon, dass wir bald Hochzeit feiern?" Im Urlaub hat er schon ein paar Mal ausprobiert, wie es ist, „Mutti" statt „Tante Anna" zu sagen, aber es ist ein komisches Gefühl. Einerseits möchte er gerne wieder eine Mutti haben, auf der anderen Seite hat er ja eine Mutter, auch wenn die im Himmel ist und auf ihn herunterguckt. Wenn das überhaupt stimmt. Wenn sie von den Würmern aufgefressen ist, dann kann sie ja wohl schlecht zu ihm runtergucken. Man weiß nie so recht, was man den Erwachsenen glauben soll. Oder ist das nur ihr Kopf, der da von oben runterschaut, und den Rest haben die Würmer gefressen?

Am besten kann es die kleine Bine, sie sagt schon ganz selbstverständlich „Mutti" zu Tante Anna. Jan und Bea kriegen es noch gar nicht heraus. Friedel probiert es immer mal wieder, sieht dann auch, wie sich Tante Anna freut, wenn er „Mutti" sagt, und löst dann das Problem für sich, indem er erklärt: „Ich habe zwei Muttis. Die eine hier und die andere im Himmel." Er hat ja schließlich auch zwei Omas, auch wenn die eine nicht „Oma" genannt werden will, sondern „Großmutter". Aber nur einen Vater und einen Opa.

In den Tagen vor der Hochzeit sind alle aufgeregt. Tante Anna und Oma sind sehr beschäftigt, müssen immer noch etwas einkaufen und backen und vorbereiten und besprechen. Von seinem Vater sieht Friedel kaum noch etwas, nur dicke Rauchwolken, die aus seinem Arbeitszimmer kommen. Friedel kümmert sich öfter um die kleine Bine, wenn er merkt, dass die Erwachsenen keine Zeit haben. In der Schule erzählt er seinen beiden Spezis Hotte und Norbert von dem bevorstehenden großen Ereignis. Besonders Hotte ist sehr interessiert und bedauert immer wieder, dass seine Mutter nicht auch mal heiratet.

„Hast du denn keinen Vater?"

„Meen Oller is nie da, ick kenn den ja nich. Meene Mutta sacht, der is abjehauen, als ick noch janz kleen war!"

„Warum denn?"

„Die ham sich imma jestritten, und irjendwann hatte der die Schnauze voll und is weg."

„Aber wo schläft der denn jetzt?"

„Keene Ahnung. Meene Mutta sacht, der kann ihr jestohlen bleiben, der braucht jar nich wieder anzutanzen. Vielleicht hat er ja ooch ne andere Frau. Da wär et doch jut, wenn meene Mutta ooch nen andern Mann hätte."

Friedel guckt verdattert. So etwas hat er noch nie gehört. Er hat Mitleid mit Hotte und fragt: „Willst du denn zu unserer Hochzeit kommen?"

„Ick muss ma meene Mutta fragen, ob ick darf!"

Und tatsächlich: Am Tag der Hochzeit klingelt es an der Tür und ein von seiner Mutter fein herausgeputzter Hotte mit weißem Hemd, rotem Wams und einem kleinen Blumenbukett steht strahlend vor der Tür und gratuliert der völlig verdatterten Braut zur Hochzeit. Ehe Anna die Situation richtig erfasst und eingeordnet hat, holt Oma den Gratulanten ins Haus, nimmt ihm die schönen Blumen ab und ruft Friedel herbei, der sich sehr darüber freut, dass Hotte zur Hochzeit kommen darf, und gleich mit ihm im Kinderzimmer verschwindet. In der Zeit deckt Oma schnell einen Teller mehr an der großen Hochzeitstafel ein und murmelt dabei vor sich hin: „Fünf sind geladen, zehn sind gekommen, gieß Wasser zur Suppe, heiß alle willkommen!"

Zur Kirche hat die Gesellschaft es nicht weit: Von der Haustür sind es bloß ein paar Schritte über den Flur am Gemeindebüro vorbei bis zum Eingang des Gemeindesaals. Aber so voll ist es dort sonst bloß zu Weihnachten, die ganze Gemeinde ist gekommen, um dabei zu sein, wenn der Pfarrer heiratet. Friedel geht mit Bine voran und streut Rosenblüten aus einem kleinen Körbchen. Er zeigt Bine, was sie tun soll, aber sie möchte die schönen Blüten nicht auf die Erde werfen, sondern möchte lieber alle wieder vom Boden aufheben. Friedel versucht, sie davon abzubringen. Er verspricht, ihr welche im Körbchen übrig zu lassen und lenkt sie so gut es geht ab, während er versucht, die Blumen so zu streuen, dass sie davon nichts mitbekommt.

Auch während des Gottesdienstes muss er sich um Bine kümmern, der schnell langweilig wird und die noch nicht weiß, dass man in der Kirche nicht einfach so herumplappern darf. Er flüstert ihr ins Ohr, dass man in der Kirche bloß flüstern darf, das findet Bine sehr spannend und flüstert ihm immer wieder was zu. Auch Hotte hat einige Fragen, denn er ist zum ersten Mal in seinem Leben in einer Kirche, deshalb bekommt Friedel von der Zeremonie gar nicht viel mit und freut sich, als die Hochzeitsgesellschaft endlich wieder hinauszieht. Rechts und links haben sich die Gratulanten in langen Reihen aufgestellt, viele haben eine Blume in der Hand oder ein kleines Geschenk, manche strahlen und viele haben Tränen in den Augen. Er wundert sich, wer ihm da plötzlich alles die Hand schüttelt, er hat doch gar keine Hochzeit! Viele dieser Leute kennt er noch nicht einmal!

Dann geht es hinüber in die Wohnung, dort gibt es kleine Häppchen mit Pumpernickel und Käse, die Friedel und Hotte ausgesprochen gut schmecken, bis Oma sagt, sie sollten sich noch etwas Platz lassen für das richtige Essen hinterher und mal hinübergehen in das Arbeitszimmer, dort würde jetzt gespielt. Tatsächlich sitzen und stehen dort viele Erwachsene und spielen. Der Pfarrer, der die Trauung gehalten hat, gibt die Kommandos und alle scheinen viel Spaß zu haben. Einige trinken Wein und in der Mitte auf dem kleinen Tischchen gibt es Salzstangen und Fischlis, sehr zur Freude von Friedel. Er hat schnell begriffen, wie das Spiel geht und macht mit: Jeder hat eine Zahl und muss darauf achten, wann diese Zahl genannt wird. Der Spielleiter sagt: „Schraps hat den Hut verloren, 1 hat ihn nicht, 4 hat ihn!" Jetzt muss Nummer 4 sagen: „4 hat ihn nicht, 7 hat ihn!" und so weiter, bis jemand nicht aufpasst und seinen Einsatz verpasst.

Dazu kommt die rhythmische Begleitung: Alle zusammen klatschen abwechselnd auf die Beine, in die Hände und dann schnipsen sie erst rechts, dann links. Das macht Friedel mit Begeisterung mit. Wer dran ist, muss beim Schnipsen die Kommandos sagen: „4 hat ihn nicht, 5 hat ihn!" Alle lachen, wenn jemand durcheinander kommt, seine eigene Zahl verschläft oder nicht schnell genug weitergibt. Wer Fehler macht, macht bei dieser Runde nicht mehr mit, und seine Zahl darf auch nicht mehr genannt werden, sonst ist man selbst draußen. Es sind immer wieder dieselben, die rausfliegen, und Friedel konzentriert sich riesig, um bis zuletzt noch mit dabei zu sein. Einmal bleibt er sogar als letzter übrig, aber er hat den Verdacht, dass die Erwachsenen etwas nachgeholfen haben. Er ist erstaunt, wie kindlich Erwachsene sein können, wie sie juchzen und jubeln, wenn sie es geschafft haben und wie sie jammern und heulen, wenn sie rausfliegen. Und sein Vater mittendrin, er sieht ihn so fröhlich und ausgelassen wie lange nicht mehr.

Die gute Laune bleibt auch beim Essen an der großen festlichen Tafel, selbst als Friedel ein Stück vom Braten von der Gabel rutscht und auf der strahlend weißen Decke einen dicken braunen Fettfleck hinterlässt, wird er nicht ausgeschimpft, sondern hört nur: „Das ist nicht so schlimm, das kann man ja waschen, nicht wahr? Möchtest du noch etwas Limonade?" Und ob er möchte! Das ist wirklich ein besonderer Tag! Und es gibt sogar noch Nachtisch und man darf sich nachnehmen! Als er Hotte nach dem Essen verabschiedet hat und endlich in seinem Bett liegt, ist er rundum mit sich und der Welt zufrieden. Tante Anna kommt und freut sich, dass der Tag so gut geklappt hat und alle zufrieden sind. Sie macht das Gutenacht-Ritual mit dem Kopfkissen: *Kuschli kuschli Bettchen, schlaf schön ein und träume sacht – Gute Nacht!* und gibt ihm einen dicken Schmatzer. Sie sagt: „Das war eine schöne Idee von dir, dass du Hotte eingeladen hast, Friedel!"

Er grinst. Und er probiert gleich aus, wie das klingt: „Gute Nacht, Mutti!"

Kurz vor dem Einschlafen denkt er noch: Ob das die Himmelsmutti wohl gehört hat? Und dann flüstert er noch nach oben gerichtet hinterher: „Gute Nacht, Himmelsmutti! Es ist alles in Ordnung hier unten bei uns!" und – nach einer kleinen Pause: „... falls du mich hörst."

Umzug

Große Dinge bahnen sich an. Die Familie soll umziehen. Im Neubaugebiet wird eine neue Kirche gebaut. Vater ist ganz begeistert und nimmt die „großen" Kinder mit, um ihnen zu zeigen, wo sie bald wohnen werden. Er sagt ihnen, wie der berühmte Architekt heißt, der das alles entworfen hat und schwärmt davon, dass alles ganz modern und neu sein wird. Friedel sieht eine riesige Baustelle, der Kirchturm steht extra und man kann von unten die Glocken sehen. Die zwei Pfarrwohnungen und die Wohnung des Küsters stehen in einer Reihe gegenüber. Es gibt zwei Haustüren, eine unten zum Hof und eine oben, wo ein Umlauf die Wohnungen mit der Kirche und mit der Straße verbindet. Große Glasfenster. Überall noch Gerüste. Da, wo später mal der kleine Garten sein soll, ist nur Matsche und Sand. Gegenüber die Hochhäuser und das Einkaufszentrum.

Friedel gefällt die Gegend nicht, es ist ungemütlich hier, ohne Kletterbaum und Spielgeräte und geheimnisvolle Ecken. Es gibt überhaupt keine Ecken hier, alles ist offen. Und wie soll er dann zur Schule kommen? Und mit den Kindern im Eisbärenweg kann er dann auch nicht mehr spielen. Die Kirche und der Turm und die Wohnungen sehen grau aus. Und wenn es regnet, sieht das Grau nass und furchtbar traurig aus. Auch die Wohnung ist so kahl. Nur die großen Fenster gefallen ihm. Vater zeigt ihm das Zimmer, in das er mit Bine ziehen wird: Es ist oben, hell, und hat einen eigenen Balkon. Das findet Friedel toll und er weiß jetzt, worauf er sich freuen kann, auch wenn er fast alles doof findet: auf den eigenen Balkon!

Dann kommen die Wochen, wo plötzlich alles verschwindet, manches wird weggeschmissen, das andere landet in großen Kisten: Spielzeug, Bücher, Anziehsachen, Geschirr. Immer, wenn jemand etwas sucht, heißt es: „Das ist schon verpackt!" Nur mit Mühe rettet Friedel seinen Lieblingsteddy Tobi, der sollte doch nicht etwa weggeschmissen werden, bloß weil ihm ein Auge fehlt, ein bisschen Holzwolle aus dem Bauch kommt, und der eine Arm locker ist? Mutter Anna beteuert, er sollte bloß repariert werden, aber nachdem er kaputtes Spielzeug von Bine im Mülleimer gesehen hat, traut er der Sache nicht so ganz und versteckt Tobi lieber an einem sicheren Ort. Beim Kaufmannsladen hat er nicht so große Sorge: Der verschwindet sowieso immer im Herbst und kehrt dann unter dem Weihnachtsbaum in alter Pracht und frisch aufgefüllt wieder zurück.

Friedel genießt noch einmal die Spiele rund um den Eisbärenweg und die alte Eisfabrik, den Park am Schäfersee, die Rollertouren zur Aroser Allee. Dann ist es soweit. Der große Laster kommt mit den starken Möbelpackern. Mutter Anna fährt mit den Kindern zur neuen Wohnung, um dort alles in Empfang zu nehmen und in die richtigen Zimmer zu dirigieren. Bine ist bei Großmutter, Friedel will lieber mit dabei sein, außerdem muss er natürlich Tobi in sein neues Zuhause bringen. Die ersten Tage in der neuen Wohnung sind richtig aufregend. Alles riecht noch frisch und ganz anders als im Gemeindehaus. Es ist ein bisschen wie Campingurlaub: Die Familie lebt auf und aus Kisten. Die Suppe wird aus dem Topf auf den Teller geschüttet, weil die Schöpfkelle irgendwo verschwunden ist.

Besonders nachts ist alles sehr geheimnisvoll, wenn Friedel aufwacht und versucht, sich zu orientieren. Wo nochmal ist denn jetzt die Badestube? Ach ja, hier oben ist ja gar kein Badezimmer, sondern eine Dusche mit Klo. Es gibt noch keine Gardinen, so dass die Zimmer nachts von der Straßenbeleuchtung erhellt werden. Das ist gut, so findet er alles auf Anhieb, wenn er barfuß durch den oberen Flur zum Klo tappst. Die Dusche ist wirklich toll, er liebt es, in der Duschwanne herumzuhüpfen, den Abfluss mit dem Gummistopfen zu sperren und dann herumzuplantschen. Das ist noch besser als Badewanne! Und es hallt so schön, wenn man ruft, singt und Geräusche macht!

Nach und nach tauchen fast alle verschwundenen Gegenstände wieder auf, die Wohnung füllt sich, die Kisten verschwinden, alles bekommt seinen Platz, es kommen Gardinen an die Fenster und Bilder an die Wände. Friedel bekommt ein Bücherregal in sein Zimmer. Er weiht den neuen Stempel ein, den er zu Weihnachten bekommen hat: Jedes Buch wird gestempelt, damit ganz klar ist, wem es gehört. Anschließend nummeriert er seine Bücher durch und stellt sie dann in der richtigen Reihenfolge in sein neues Regal. Dann stempelt er auch noch seine Schulhefte und die Jugendzeitschrift „Die Rasselbande". Das gibt allerdings Ärger, denn er hat sie nur zum Lesen von seinem großen Bruder bekommen. So holt er sich altes Papier aus dem Papierkorb in Vaters Arbeitszimmer und stempelt bezahlte Rechnungen und Briefe vom Konsistorialamt. Kurzfristig wächst in ihm der Wunsch heran, später als Schalterbeamter bei der Post zu arbeiten, dort gibt es immer genug zu stempeln.

Er ist jetzt viel in seinem Zimmer beschäftigt. Draußen spielen reizt ihn nicht so besonders, er hat dort noch keine Freunde und vermisst die Bande vom Eisbärenweg sehr. Der winzige Garten ist ein Witz, keine einzige Ecke zum Verstecken, kein Kletterbaum, nichts. Ein Sandweg führt hinter dem Haus am kleinen Kanal entlang, dort fährt er manchmal mit seinem Roller spazieren bis zur Holländerstraße. Manchmal trifft er hier Jungen, die am Wasser Stichlinge mit einem Käscher fangen. In das Neubaugebiet auf der anderen Seite der Gotthardstraße traut er sich selten, die Hochhäuser dort sind ihm unheimlich, seitdem zwei große Jungen ihm dort einmal hinterhergerufen haben: „Verfatz dir hier, kleena Piepel, oder wir lassen dir die Luft aus'm Reifen!"

In der Nachbarwohnung wohnt auch eine Pfarrersfamilie, dort gibt es Kinder in seinem Alter: Das Mädchen hat eine Brille und heißt so wie der Kaffeefilter in der Küche: Melitta, der Junge heißt Christian. Erst findet Friedel die beiden ziemlich doof, sie sehen eingebildet aus und reden so klug daher. Aber Melitta ist total neugierig und möchte gerne sehen, wie es bei Friedel zu Hause aussieht und zugeht. Friedel findet es auch spannend, die Wohnung nebenan ist von außen genauso wie ihre Wohnung, sieht aber innen völlig anders aus. Die Nachbarsfamilie hat auch eine Oma, die mit in der Familie lebt, die ist die netteste von allen, findet Friedel, sie schenkt ihm immer Süßigkeiten. Allerdings kann er sie kaum verstehen. Melitta erklärt ihm, sie käme aus Bayern, da würde man so komisch reden.

Aber bald stellt sich heraus, dass man ganz gut mit den Nachbarskindern spielen kann. Nicht die Spiele, die er vom Eisbärenweg kennt, so einfache Sachen wie Verstecken oder Einkriegezeck, aber Rollenspiele. Einmal spielen sie Pfarrersfamilie: Friedel organisiert heimlich den schwarzen Talar von seinem Vater und darf deshalb der Pfarrer sein, Melitta ist seine Frau, die ihm ständig den Talar abklopft, das Essen bringt und die Kinder versorgt: Bine und Tissi, der kleine Bruder von Melitta, dem ständig der Rotz aus der Nase läuft, dürfen Kind spielen, was ihnen auf Anhieb gut gelingt. Christian, der sich Hoffnung auf die Pfarrerrolle gemacht hatte, darf der Küster sein. Er fällt allerdings dem Pfarrer ständig ins Wort und weiß alles besser, bis der Pfarrer schließlich klarstellt: „Ich bin hier der Pfarrer und Sie zünden jetzt mal die Kerzen an, bitteschön!"

Ein anderes Mal organisiert Melitta das Brautkleid der Großmutter und sie spielen Hochzeit, Friedel darf wieder Pfarrer sein, diesmal hat er sogar die Agenda dabei, das schwarze Buch, wo geschrieben steht, was der Pfarrer bei der Trauzeremonie sagen muss. Der Trauring kommt aus dem Kaugummiautomaten, nur die Kinder Bine und Tissi stören, Melitta sagt, bei einer Hochzeit gäbe es keine Kinder, die kämen erst später dazu. Bine und Tissi wollen gerade anfangen zu plärren, da sagt der Pfarrer, das wäre schon in Ordnung, jetzt, wo die Kinder mal da wären, sollten sie ruhig bei der Hochzeit mit dabei sein. Dem dünnen Bräutigam Christian, dem der schwarze Anzug seines Vaters um die Knochen schlackert, ist alles recht, wenn nur keiner heult. So ziehen sie in einer ergreifenden Zeremonie rund um die Kirche, Bine darf die Schleppe der Braut tragen und Tissi wirft Gänseblümchen und Löwenzahn.

Das sind die Höhepunkte, oft kommt aber auch kein Spiel zustande, weil die Ideen zu kompliziert sind und nicht verwirklicht werden können, oder weil man sich nicht einigen kann. Dann spielt Friedel für sich oder macht Exkursionen mit dem Roller in die Umgebung. Manchmal geht er auch in die Kirche, wenn die Tür offen steht, und hört Herrn Kirstein, dem neuen Organisten zu. Der spielt wunderbar, Friedel könnte stundenlang sitzen und ihm zuhören. Wenn er Friedel entdeckt, holt er ihn zu sich nach oben auf die Orgelbühne. Er erklärt ihm, wie die Orgel funktioniert, zeigt ihm die ganzen großen und kleinen Pfeifen und führt ihm vor, wie die einzelnen Register klingen. Friedel ist fasziniert und weiß schon, was er später einmal werden will: Organist. Herr Kirstein lacht und sagt, da müsse er sehr gesund sein, in der Kirche wäre es oft kalt und zugig, da müsse man sich warm anziehen, wenn man sich nicht erkälten wolle.

Friedel kommt mit seinen Füßen noch nicht an die Pedaltasten, aber er kann schon ein bisschen auf der unteren Tastatur spielen, während Herr Kirstein ihn dabei auf der oberen begleitet. Und er darf registrieren, das heißt die Knöpfe an der Seite ziehen, die den Klang verändern, wenn Herr Kirstein die Orgelstücke für den nächsten Sonntag übt. Er weiß, wie „gedackt" klingt und zieht nacheinander „Prinzipale", „Dulzian", „Krummhorn" und „Vox humana", wenn es in den Noten steht oder Herr Kirstein ihm zuruft. Schnell merkt der, dass Friedel auch die Noten mitliest und lässt ihn umblättern. Er sagt: „Wenn du schon richtig Noten lesen kannst, musst du auch mal welche aufschreiben, die spielen wir dann hier zusammen auf der Orgel!"

Friedel macht sich mit Feuereifer zu Hause an die Arbeit. Er kennt die Noten vom Blockflötenunterricht bei Frau Perlick. Ein Notenblatt hat ihm Herr Kirstein mitgegeben. Am nächsten Tag kommt er auf die Orgelbühne und hat nicht nur Noten aufgeschrieben, sondern auch einen eigenen Text darunter geschrieben. Er ist sehr gespannt, was Herr Kirstein dazu sagt. Der traut seinen Augen nicht: „Hast du das alleine geschrieben? Und den Text hast du dir auch ausgedacht?" Sie setzen sich zusammen auf die Orgelbank und Herr Kirstein spielt Friedels erstes eigenes Kirchenlied, erst einstimmig, dann mit voller Begleitung. Es klingt wunderbar. „Hast du wirklich das gespielt, was ich aufgeschrieben habe?" fragt er verwundert. „Ja, das ist deine Komposition, ich habe bloß ein bisschen Begleitung hinzugefügt, das mache ich ja immer, bei allen Kirchenliedern! Das hast du wirklich toll gemacht!" Friedel wird rot vor Stolz und kommt in den nächsten Tagen immer wieder mal mit eigenen Kompositionen vorbei.

Dann, einige Wochen später, ist Herr Kirstein nicht mehr da. Der Vater erzählt ihm, dass er eine neue Stelle bekommen habe in Westdeutschland.

„Aber warum ist er denn nicht hiergeblieben?"

„Ach sieh mal, Friedel, Herr Kirstein ist noch ganz jung und ein toller Musiker. Er will in einer alten Kirche Musik machen mit einer größeren und schöneren Orgel. Und er möchte dafür auch das Gehalt bekommen, das er verdient. Wir haben ja hier nur eine kleine Orgel, die ist nichts für so einen großen Musiker."

Friedel ist traurig. Wieder ist ein Mensch, den er sehr gerne mag, weggegangen, ohne sich von ihm zu verabschieden. Warum gehen alle weg? Schlagartig ist sein Interesse an der „kleinen" Orgel, die anscheinend nicht gut genug ist, erloschen. Die neue Organistin ist zwar auch nett, aber er schleicht sich nie wieder in die Kirche, um zuzuhören und versucht auch nicht mehr, auf die Orgelbank zu kommen. Das Kapitel Orgel ist für ihn abgeschlossen.

Thomas und Maria

Seit einiger Zeit hat Friedel sich mit Thomas angefreundet. Thomas wohnt in der Straße gegenüber und geht in seine Klasse. Der Schulweg ist jetzt ganz schön lang, sie sind 20 Minuten unterwegs, wenn sie nicht trödeln. Wer morgens zuerst fertig ist, holt den anderen ab, so ist die Verabredung. Aber es ist immer Thomas, der wie aus dem Ei gepellt, geschniegelt und gestriegelt pünktlich vor der Tür steht und klingelt, während Friedel sich eben noch die Kakaobrei-Spuren aus dem Gesicht wischt und die Treppe hochrennt, um seinen

Ranzen zu holen. Mutter Anna ruft hinter ihm her: „Vergiss dein Schulbrot nicht!" „Mach den Anorak zu, es ist kalt!" „Deine Schnürsenkel sind offen!"

Dann, wenn endlich die Tür zu ist, schlendern sie gemächlich durch die Siedlung. Es gibt zwei mögliche Wege: Der eine geht am Einkaufszentrum vorbei auf kleinen Fußwegen oberhalb des Friedhofs entlang zur Zermatter Straße, dann über die große Aroser Allee bis zur Baseler Straße, dort am Eisbärenweg und Friedels alter Wohnung vorbei bis zur Schule. Diesen Weg geht Friedel am liebsten. Thomas geht lieber durch die Siedlung bis zur Holländerstraße, dann immer an der Friedhofsmauer entlang bis zur Aroser Allee. Dort stehen Schülerlotsen, die alle Schulkinder sicher über die große Straße bringen. Thomas' Mutter besteht darauf, dass er dort entlang gehen soll, damit nichts passiert. Friedel kennt die Aroser Allee, seit er als kleiner Junge mit seinem Roller unterwegs ist. Er will nicht einsehen, dass man morgens nur dort hinübergehen darf. Schließlich einigen sie sich, dass sie immer den Hinweg so und den Rückweg anders gehen, das ist abwechslungsreicher. Wenn Thomas' Mutter fragt, wo sie entlang laufen, bekommt sie die Antwort, die sie hören will. Und es ist ja auch nicht gelogen, denn sie laufen ja tatsächlich jeden Tag dort entlang, wenn auch nur einmal.

Thomas wohnt in der Winterthurstraße gegenüber in einem Wohnblock. Vor der Tür steht der schicke Taunus 17m der Eltern, die „Badewanne". Friedel findet, dass der Name „Eule" besser zu diesem Auto passt: Von vorne betrachtet hat das Auto zwei große Eulenaugen. Auch die runden roten Rücklichter gefallen ihm gut. Irgendwie erinnert das Auto ein wenig an die großen Straßenkreuzer, mit denen die amerikanischen Soldaten an der Goerzallee bei der Großmutter unterwegs sind, auch wenn alles natürlich viel kleiner ist und auch das röhrende Motorengeräusch fehlt. „Du spinnst, die Amischlitten sehen ganz anders aus!" sagt Thomas. Manchmal sehen sie tatsächlich einen auf dem Schulweg, aber sehr selten. In Reinickendorf und Wedding sind die Franzosen die Besatzungsmacht, nicht die Amerikaner, und die fahren keine Amischlitten, sondern Citroën und Peugeot.

Es gibt viele Dinge, die beide interessieren, nicht nur Autos. Bei manchen Themen sind sie unterschiedlicher Meinung und streiten schon mal: Mädchen, die Schule insgesamt und Fräulein Herrmann im Besonderen sind solche Themen. Friedel geht ganz gerne zur Schule, verehrt seine Klassenlehrerin und hasst den Sportunterricht mit Frau Teubel. Thomas geht nicht gerne zur Schule, macht aber gerne Sport und hasst Fräulein Herrmann. „Was hast du denn gegen die?" wundert sich Friedel immer wieder, „die ist doch nett!"

„Nett?" prustet Thomas los, „das ist doch nicht dein Ernst! Zu dir vielleicht, zu mir ist sie gemein!"

Friedel kann das nicht nachvollziehen. Wenn er nachbohrt, hört er immer wieder das gleiche Erlebnis, es muss sehr einschneidend gewesen sein für Thomas. In der ersten Klasse mussten ja alle 36 Kinder erst einmal lernen, was man tun darf und was nicht. Mehrmals hatten sie darüber gesprochen, dass nicht alle zur Tür rennen sollen, wenn es hieß: „Fräulein Herrmann kommt!" Jeder sollte an seinem Platz warten.

Das war für Friedel kein Problem, für viele seiner Mitschüler schon. Als beim nächsten Mal wieder eine Gruppe zur Tür stürmte, um die Lehrerin zu begrüßen, schnappte sie sich den, der ihr als erster entgegenkam – und das war Thomas. Friedel kann sich daran nicht mehr erinnern. Thomas erzählt immer wieder, sie hätte ihn vor versammelter Mannschaft fertig gemacht. Von diesem Tag an lief keiner mehr zur Tür und Thomas hasste seine Lehrerin und glaubte, sie würde ihn hassen. Da konnte Friedel reden, wie er wollte und stundenlang alle Vorzüge aufzählen, die sie hatte, es blieb dabei.

„Du musst doch noch mehr Gründe haben als dieses blöde Erlebnis, das ist doch schon total lange her! Neulich hat sie dich nach vorne geholt, da durftest du der Apfelbaum sein, weißt du nicht mehr?" Sie haben ein Gedicht über den Apfelbaum vorne vor der Tafel nachgespielt, natürlich wollten alle der Baum sein und die Arme ausbreiten. Und wen hatte Fräulein Herrmann ausgewählt? Thomas!

„Das war Zufall!"

„Quatsch! Wenn sie dich doch angeblich nicht leiden mag, dann hätte sie dich doch nicht dran genommen! Du bildest dir das nur ein! Sie ist gerecht, sie behandelt alle gleich!"

„Paah, gerecht!" Thomas spuckte aus. „Dass ich nicht lache! Wenn irgendwas passiert, wer ist wieder Schuld? Ich, immer ich!"

Friedel ist überzeugt, dass seine Lehrerin Thomas genauso gern mag wie alle anderen. Sie mag sogar die Außenseiter der Klasse, die etwas schmuddelig sind und mit denen sonst keiner spielt. Thomas hält dagegen: „Die tut bloß so, die alte Kuh. In Wirklichkeit findet sie die auch eklig!"

„Sag nicht nochmal blöde Kuh zu Fräulein Herrmann, du blöder Affe!"

Jetzt wird der Streit persönlich und Friedel muss die Ehre seiner Lehrerin verteidigen. Aber Kloppen tun sie sich nicht, Friedel hasst Kloppereien. Wenn sie sich genug beleidigt haben, trotten sie in größerem Abstand hintereinander her und tun so, als wäre der andere Luft.

Thomas hat neulich tatsächlich „alte Kuh" über Fräulein Herrmann gesagt und sie hat es gehört! Er war nach der Pause mit anderen Kindern in die Klasse gestürmt, in der gerade eine selbst gemachte Litfass-Säule aufgestellt war und hatte gerufen: „Zum Glück ist die alte Kuh noch nicht da!" Natürlich hatte er geglaubt, die Klasse sei leer. Aber zu seinem Schreck hörte er eine Stimme hinter der Litfass-Säule: „Die alte Kuh wird dir gleich mal was erzählen, Bürschchen, komm mal her!"

Fräulein Herrmann hatte in der Pause noch Blätter an die Säule geklebt und war damit gerade auf der anderen Seite der Säule beschäftigt, als Thomas hereinkam. Da die Säule dick und die Lehrerin klein war, hatte er sie nicht bemerkt. Thomas versank in den Erdboden vor Scham.

„Und was hat sie mit dir gemacht?" erkundigt sich Friedel.

„Sie hat mich fertig jemacht!"

„Wie denn?"

„Sie hat mit mir jeschimpft!"

„Das hattest du ja auch verdient, du hast sie doch beleidigt! Hat sie deinen Eltern Bescheid gesagt?"

„Nee, aber damit jedroht hat se!"

„Da hast du aber Riesenglück gehabt! Das war doch sehr fair von ihr!"

„Paah, fair, von wegen!"

Es hat einfach keinen Sinn. Mit Thomas kann man über Fräulein Herrmann nicht vernünftig reden. Genau wie über Mädchen. Da kommt man immer an denselben Punkt, und dann helfen keine vernünftigen Argumente mehr. Thomas findet, wie übrigens auch viele andere Jungs in der Klasse, die kleine, freche Martina toll, während Friedel sich in Maria verguckt hat: „Martina ist mir viel zu aufgedreht! Die kann doch nicht stillsitzen und gackert immer!"

„Stimmt doch jar nich, sie lacht eben gerne! Und außerdem ist sie sportlich!"

„Sportlich? Zappelig, würde ich sagen."

„Mensch, du hast doch keene Ahnung! Aber Maria, wa? Wat findest du denn an d e r ?"

„Die ist auf jeden Fall nicht so klein und zappelig!"

„Ist det allet?"

„Schön sieht die aus, ist dir das vielleicht schon mal aufgefallen?"

„Nee. Die sagt ja nüscht."

„Was soll sie denn sagen: Guck mal her, Thomas, wie hübsch ich bin?"

„Det meen ick doch nich. Ick meene überhaupt sagt die so wenig."

„Na, besser als wenn eine immer gackert wie ein Huhn!"

„Ach, du weeßt einfach überhaupt nich, worauf's ankommt bei de Meechens!"

„Aber du weißt es, nehme ich an!"

„Ach hör doch auf, mit dir kann man nich richtig diskutieren!"

Friedel ist es ganz recht, dass Martina die Aufmerksamkeit der Jungs auf sich zieht. So hat er Maria ganz für sich allein – in seiner Phantasie. Im wirklichen Leben ist er schüchtern und als Thomas einmal auf dem Schulhof ausplaudert, dass Friedel Maria mag, läuft er knallrot an und möchte Thomas am liebsten schlagen. Aber auch Thomas möchte nicht unbedingt, dass alle Welt erfährt, dass er Martina liebt.

Zwischen den beiden Jungs entsteht unausgesprochen so eine Art kleiner Wettbewerb: Wer schafft es wohl als erster, „sein" Mädchen auf sich aufmerksam zu machen? Thomas legt richtig los: Er wünscht sich von seinen Eltern ein Meerschweinchen. Warum? Weil er ein kleines Tier haben will? Nicht die Bohne! Er hat mit kleinen Tieren nichts am Hut. Aber Martinas Mutter hat eine Tierarztpraxis in der Residenzstraße. Und wenn man ein Kleintier hat, muss man in die Tierarztpraxis zum Impfen. Und dort hat man die Chance, dass man vielleicht Martina sieht, weil die dort wohnt und öfter mal durch die Praxisräume saust oder der Mutter hilft. Soweit der Plan.

„Und? Hast du sie gesehen?"

Thomas guckt bedröppelt: „Nee. Die Sache jing schief. Wie ick zum Impfen komme, is bloß die olle Sprechstundenhilfe da. Von Martina keene Spur! Ick sage noch, ick komm später nochma wieder, aber sie sagt, komm jib her, dit ist doch schnell jemacht und jibt dem Vieh 'ne Spritze und fertich is! Mist, verdammter!"

Friedel kann sich ein Grinsen nur schwer verkneifen, versucht aber trotzdem, betroffen zu gucken: „Ja, blöd gelaufen!"

Thomas ärgert sich darüber, dass er sich ganz umsonst so ein blödes Meerschweinchen gewünscht hat und fragt: „Willst du det Schwein haben? Kriegste jeschenkt von mir!"

Friedel wehrt ab: „Nee, lass mal gut sein. Marias Vater ist Arzt, kein Tierarzt. Da kann ich mit 'nem Meerschwein nix anfangen!"

„Wat für'n Arzt?"

„Keine Ahnung. Frauen oder so."

„Ja, det nennt man wirklich Pech!"

Jetzt ist Friedel an der Reihe. Er grübelt, wie er es anstellen kann, Maria auf sich aufmerksam zu machen. In der Klasse sitzt er ganz hinten, sie weiter vorne. Herüber blinzeln oder Briefschmeißen ist also auch schwierig, außerdem ist er so verdammt schüchtern. Todesmutig begibt er sich in der Hofpause in den großen Mädchenpulk auf dem Schulhof. Die spielen da immer so eine Art Singspiel, das geht los mit *Zehntausend Mann, die zogen ins Manöver*. Dafür brauchen sie einen Jungen als *Soldaten*, der die schöne Tochter haben will und der vom Vater weggeschickt wird, weil er kein Geld hat. Friedel lässt sich bereitwillig in seine Rolle einweisen und erträgt die *zehntausend* kichernden Mädchen stoisch. Leider merkt er zu spät, dass seine Maria gar nicht dabei ist, die dreht lieber mit ihrer Freundin ruhige Runden um den Hof.

Das ist Pech für ihn, nach fehlgeschlagenen Versuchen steht es jetzt eins zu eins. Aber Friedel gefällt das Mitspielen mit den Mädchen auf dem Hof ganz gut, besser als Steinchen kicken, Mädchen ärgern oder Spaß-Kloppereien, die Spiele der Jungs. Er schlendert öfter wie zufällig an der Mädchenreihe vorbei, wenn sie wieder *Zehntausend Mann* spielen wollen und erklärt sich dann großzügig bereit, mitzuspielen. Er hat immer dieselbe Rolle des „Soldaten", hält aber jedes Mal beim „Vater" um die Hand eines anderen Mädchens an, das ist aufregend, denn er muss tatsächlich die Hand halten. Einmal hat er die kleine strohblonde Gabi aus seiner Klasse an der Hand, die ihm ins Ohr flüstert: „Ich find dich süß!"

Das erinnert ihn schlagartig daran, dass er ja eigentlich Maria toll findet und bringt seine Gefühlswelt völlig durcheinander. Er wird rot, er ist geschmeichelt, er ist verwirrt: Was erwartet Gabi jetzt von ihm? Wie reagiert man um Himmels Willen in solch einer Situation? Schnell verdrückt er sich in die hinterste Ecke des Schulhofs und taucht für längere Zeit in den Pausen bei den Mädchen nicht mehr auf.

Eines Tages kommt ihm der Zufall zu Hilfe. Er kommt mittags die Schultreppe hinunter und schaut nach Thomas aus, da steht Maria und erzählt ihm, dass Thomas gerade von seiner Mutter zum Arzt abgeholt worden ist. Also gehen sie zusammen los, denn sie haben den gleichen Schulweg: Maria wohnt auch in der kleinen Siedlung an der Septimer Straße in der Nähe der neuen Kirche. Friedel kriegt vor Aufregung kaum etwas heraus. Maria erzählt munter dies und das, Friedel ist so damit beschäftigt, ja nichts Falsches zu sagen, dass er manchmal gar nicht mitbekommt, was sie gerade gesagt hat. Er brummt irgendetwas vor sich hin, sagt „Hmm" und „Tjaa" und kommt sich vor wie ein Idiot. Irgendwann laufen sie schweigend nebeneinander her, er konzentriert sich ganz auf den entscheidenden Abschluss. Als sie in ihre Straße einbiegen will, fasst er sich ein Herz und fragt: „Kommst du noch mit zu mir, Karten spielen?"

Er hat es so dahin gesagt und nicht gewagt, hinüber zu gucken zu ihr. Sein Herz pocht so laut, dass er einen Moment lang nicht sicher ist, ob sie vielleicht schon geantwortet hat. Sein Herz springt fast aus seinem Brustkasten, sie muss es mitbekommen, dieses Hämmern. Er hat aufgehört zu atmen. Da sagt sie, so leichthin: „Ja, okay!"

Seine Atmung setzt wieder ein, ihm wird heiß und kalt zugleich und er möchte das kleine Stückchen bis zur Winterthurstraße am liebsten hüpfen oder Bocksprünge machen. Sie hat Ja gesagt! Jetzt traut er sich sogar, hinüber zu schauen und als sie zurück guckt, pfeift er vor sich hin. Die Sonne scheint, es ist warm und die Luft ist voller Musik. Sie setzen sich nebeneinander auf die Steintreppe vor dem Glockenturm und spielen ein oder zwei Runden Mau Mau. Als die Glocken anfangen zu läuten, schauen sie beide nach oben und lauschen. Friedel verrät ihr seinen Trick: Wenn man lange nach oben guckt auf den Turm und die vorüberziehenden Wolken, sieht es aus, als ob der Turm umkippt. „Tatsächlich!" sagt Maria und lacht. „Achtung, der Turm kippt um!"

Sie lachen beide. Maria sagt: „Jetzt muss ich aber nach Hause, sonst gibt's Ärger!"

Als Friedel zu Hause in seinem Zimmer ist, muss er erst einmal die Freudensprünge nachholen, die er gerade nicht machen konnte. Er hopst wie ein Irrer im Zimmer umher und möchte am liebsten laut schreien, das traut er sich aber nicht und presst sich die Hand vor den Mund, damit es nicht aus ihm herausbricht. Dieses stille Schreien mit der Hand vor dem Mund hat er schon öfter gemacht, meistens vor Freude, manchmal vor Wut. Mutter Anna kommt herein, um nach dem Rechten zu schauen: „Alles in Ordnung mit dir? Möchtest du gar nichts essen? Dein Essen steht auf der Warmhalteplatte!"

„Doch doch, alles in Ordnung, ich komme gleich!"

Am nächsten Morgen auf dem Schulweg hat er etwas zu erzählen. Thomas hört gebannt zu bis zum Schluss und will dann wissen: „Und dann?"

„Nichts und dann. Dann ist sie nach Hause gegangen!"
„Und sonst?"
„Ich bin auch ins Haus gegangen."
„Ach so. Und jetzt?"
„Zwei zu eins für mich!"

Thomas murmelt irgendetwas vor sich hin und sie gehen eine Weile schweigend nebeneinander her bis zur Aroser Allee. Da fragt Thomas: „Hast du dich mit ihr nochmal verabredet?"

„Nee!"
„Blöd von dir!"
„Stimmt! Hab ich gar nicht dran gedacht!"
„Machst de det in der Schule? Trauste dich?"
„Nee!"
„Feige!"
„Selber feige! Du bist jetzt wieder dran! Sieh zu, dass dir keiner deine Martina wegschnappt!"
„Blödmann!"
„Selber Blödmann!"

Aber der Elan ist weg. Thomas fällt nichts mehr ein, mit dem er Martina imponieren kann. Er tut jetzt so, als hätte er eigentlich gar kein Interesse mehr an ihr. Friedel kommentiert:„Siehste, hab ich dir doch gleich gesagt, dass die blöd ist!"

„Halt die Klappe!"

Aber auch Friedels Eroberungsdrang ist gestoppt. Er hat sich und Thomas bewiesen, dass er sich etwas getraut hat und nun lächelt er Maria freundlich an, wenn er sie sieht, aber er weiß nicht so recht, wie es jetzt noch weitergehen könnte. Da auch Maria keine weiteren Anstalten macht, bleibt es dabei.

Sommer auf der Insel

Der Sommer ist wieder da, für Friedel die schönste Jahreszeit. Er vermisst den Garten in der Baseler Straße, ganz besonders den Kletterbaum. Bei schönem Wetter saß er oft oben in der riesigen Platane mit den dicken Ästen. In den mächtigen Stamm hatte Vater stabile Metallkrallen gehauen, damit die Kinder gut hinaufklettern konnten. Jan hatte oben in den Ästen eine kleine Bretterplattform gebaut, auf der man herrlich liegen oder sitzen und auf die vorbeigehenden Leute auf der Baseler Straße hinunter gucken konnte. Oft, wenn sie dort oben hockten, mussten sie kichern, wenn Leute vorbeigingen. Besonders komisch war es, wenn die Leute sich gerade über wichtige Sachen unterhielten und glaubten, sie wären ganz allein. Sie guckten dann erschrocken nach oben und suchten, wo das Kichern wohl herkam. Ein älterer Mann hatte sich einmal fürchterlich aufgeregt und herauf gerufen: „Na wartet, ich werde eurem Vater erzählen, dass ihr da oben im Baum rumklettert und Passanten belauscht, dann gibt's aber Senge!"

Bea hatte zurückgerufen: „Dann gibt's gar keine Senge, unser Vater hat uns ja extra die Stufen reingemacht. Da haben Sie aber Pech gehabt!"

Der Mann zog wutschnaubend und laut schimpfend ab und die Kinder fielen fast vom Baum vor Lachen.

Hier im Neubaugebiet gibt es keinen alten wilden Garten mit geheimnisvollen Ecken und Kletterbaum. Das winzig kleine Gartenstück ist offen nach allen Seiten, Vater hat zwar Hecken gepflanzt, aber die sind noch sehr mickrig und durchscheinend. Oma sagt: „Man fühlt sich wie auf dem Präsentierteller."

Bea scheint das nichts auszumachen, sie sitzt gerne im Liegestuhl und sonnt sich. Neulich hat sie sogar den Liegestuhl auf einen Tisch gestellt, damit sie näher an die Sonne heran kommt. Friedel hat auch einen Liegestuhl auf dem Balkon vor dem Kinderzimmer, dort liegt er gerne in der Sonne und träumt, wenn ihn nicht Bine stört, mit der er sich das Zimmer teilt.

In der Mitte des Zimmers ist ein grauer Vorhang, damit jeder seinen Teil vom Zimmer hat und man sich nicht dauernd sehen muss. Friedel hat den hinteren Teil des Zimmers, dafür aber mit Balkontür. Meistens kommt er ganz gut mit seiner kleinen Schwester aus, nur manchmal gibt es Zoff. Bine weiß genau, wie sie ihn ärgern kann. Wenn sie sich auf ihre Seite des Vorhangs stellt und mit den Füßen ein klein wenig nach vorne rückt, sagt Friedel: „Geh in deine Hälfte!" Natürlich behauptet sie dann, sie stände in ihrer Hälfte und Friedel wird sauer, besonders, wenn sie dabei immer noch ein Stückchen näher rückt und schließlich ganz eindeutig mit dem Fuß in seiner Zimmerhälfte steht! Das kann er nun gar nicht dulden und wenn Worte nicht helfen, gibt es Geschrei und Geschubse.

Natürlich ist Friedel stärker als seine Schwester, aber sie gleicht fehlende Körperkraft durch Kneifen, Beißen, Treten und unkonventionelle Kampfführung aus. Wenn gar nichts mehr hilft, droht sie: „Ich sag es Oma!" Bei Oma hat sie Welpenschutz. Von Oma wird sie vor ihren älteren Geschwistern immer in Schutz genommen. Neulich wurde es Friedel zu viel und er hat sie kurzerhand auf dem Balkon ausgesperrt, dort konnte sie nach Belieben weiter zetern und schreien. Er ging runter ins Wohnzimmer, um das Gezeter aus dem Ohr zu bekommen. Dort las er fasziniert in der *HörZu* und vergaß schließlich seine kleine Schwester auf dem Balkon. Als Mutter Anna hinaufging, um die Betten zu machen, befreite sie Bine, die wie der Blitz hinunterschoss zu Oma, um dort ihr Leid zu klagen. Als sie mit Oma wieder hinaufkam, hatte sie einen großen Verband am Knie. Oma schimpfte mit Friedel – nicht etwa, weil er sie ausgesperrt hatte, sondern weil er sie angeblich ins Knie gebissen hätte! Das war nun wirklich das Letzte! Friedel hatte ein schlechtes Gewissen, weil er seine Schwester auf dem Balkon vergessen hatte, dafür akzeptierte er, ausgeschimpft zu werden. Aber Beißen? Er war doch kein Mädchen!

Aber Oma bleibt nie lange böse, sie redet den „Großen" ins Gewissen mit ihrem Lieblingsspruch: „Der Klügere gibt nach!" Friedel will schon sehr gerne groß und klug sein, aber nachgeben tut er äußerst ungern. Besonders wenn er doch weiß, dass er Recht hat! Aber da bei Oma keine Strafen zu erwarten sind, außer, dass man „barfuß ins Bett" muss, ist die Sache schnell vergessen. Auch Bine spricht nicht mehr über die Wunde am Knie. Friedel überlegt, wie sie die wohl bekommen hat. So etwas, sich selbst verletzen, macht man ja schließlich nicht absichtlich! Wahrscheinlich hat sie auf dem Balkon so herum gewütet, dass sie mit ihrem Knie irgendwo gegen gestoßen ist.

Wenn er es richtig überlegt, ist er schon manchmal ganz schön gemein zu seiner kleinen Schwester. Abends vor dem Einschlafen erzählt er gerne noch Geschichten, die er sich ausdenkt. Bine hört auf der anderen Seite des Vorhangs gebannt zu, wenn der große Bruder ihr eine Geschichte erzählt. In letzter Zeit werden diese Geschichten immer spannender und gruseliger, so dass Friedel manchmal vor Aufregung und Angst selbst nicht mehr einschlafen kann. Bine will eigentlich nichts verpassen, aber wenn es zu grausig wird, stopft sie sich die Ohren zu und leidet dann unter Albträumen.

Seit sie entdeckt hat, dass Friedel gerne auf dem Balkon im Liegestuhl liegt und dort ungestört lesen oder träumen will, kommt sie öfter mal dort vorbei. Wenn er nicht nett zu ihr ist, schließt sie auch schon einmal „aus Versehen" die Balkontür von innen, dann kann er mal sehen, wie das ist, wenn man ausgesperrt wird. Allerdings hat sie meistens ein gutes Herz und befreit ihn auch nach einer angemessenen Weile wieder. Jetzt spielt sie draußen mit Tissi, Friedel hat also seine Ruhe und genießt Liegestuhl und Sonne. Er träumt von der Sommerreise. Vater will diesmal mit der Familie auf einer Insel zelten. Friedel ist wie elektrisiert, seit er „Insel" gehört hat. Er freut sich schon riesig und malt sich die schönsten Geschichten aus.

Die letzte Reise mit der Himmelsmutti ging auch auf eine Insel, nach Langeland. Friedel hat noch den würzigen Duft des Kiefernwäldchens in der Nase, der das kleine

Holzhäuschen umgab. Das Haus hieß „Nanok", auch das weiß er noch, denn die einzelnen Buchstaben konnte er damals schon lesen. Es gab dort einen offenen Kamin. Friedel sammelte für das abendliche Kaminfeuer immer Kienäppel auf, die knisterten und knallten so herrlich, wenn man sie in die Flammen warf. Wenn man den Sandweg durch die Kiefern weiterlief, kam man zum kleinen Sandstrand mit dem schönen, weißen Zuckersand, der sich in der Sonne so warm und weich anfühlte, dass man ihn immerzu anfassen musste. Die Ostseewellen in der Bucht waren klein und ungefährlich, man konnte eine ganze Strecke hineinlaufen, ehe es tiefer wurde. Friedel liebte das Platschen der Wellen an seinen Füßen und den Geschmack des leicht salzigen Wassers.

Im Häuschen gab es kein elektrisches Licht, abends wurden kleine Petroleum-Lämpchen aus Messing angezündet und Kerzen, das war aufregend und sehr gemütlich. Friedel kann sich an einen sehr bequemen Ledersessel erinnern, in den man sich ganz hinein kuscheln konnte. Vater fand ihn so schön, dass er später im dänischen Einrichtungshaus solch einen Sessel für das Wohnzimmer zu Hause bestellt hat. Er besteht aus einem schwarzen Fell, das über einem Metallgestell mit „Ohren" hängt. Seitdem steht ein Stück „Nanok" in der Wohnung und erinnert die Familie an Langeland. Wenn Friedel im Gottesdienst Geschichten vom Paradies hört, hat er den Zuckersand, den Kiefernduft und das Kaminfeuer in Nanok im Kopf. So muss das Paradies sein.

Es gab viele andere Kinder dort in der Feriensiedlung, die meisten konnte er zwar nicht verstehen, weil sie Dänisch sprachen, aber irgendwie klappte die Verständigung und das Spielen trotzdem. Wenn gerade keine anderen

Kinder in Sicht waren, sammelte er Kienäppel oder machte kleine Spaziergänge mit Bine, um ihr die Welt zu zeigen. Die Himmelsmutti lag öfter draußen auf dem Liegestuhl, in Decken eingehüllt. Das fand er komisch, wenn es doch sonnig und warm war. Aber sie sagte ihm, sie hätte ein schlimmes Bäuchlein, das müsse sie ganz besonders warm halten. Sie war schnell müde und schlief manchmal auch am Tag. Friedel staunte manchmal, dass das schlimme Bäuchlein so lange anhielt, bei ihm ging das immer schnell wieder weg. Aber es schien nicht weiter beunruhigend zu sein, denn keiner sprach darüber.

Worüber am Ende der Reise viel gesprochen wurde, waren die Zeitungsmeldungen und dicken Überschriften in den dänischen Zeitungen, die im kleinen Kaufmannsladen auslagen, der immer so leckere Bonbons in großen Gläsern hatte. Friedel merkte, dass der Vater nicht so recht damit herausrücken wollte, aber es schien ihn sehr zu bedrücken und zu beschäftigen. Bea bohrte so lange nach, bis er ihr und Jan erzählte, was los war: Mitten in Berlin und um Berlin herum wurde ein Stacheldrahtzaun gezogen: West-Berlin sollte abgetrennt werden! Auf die Frage, wie die Familie denn jetzt wieder zurückkommen sollte, versuchte er zu beruhigen, dass die Eisenbahnzüge noch hindurch fahren dürften, aber man merkte, dass er selbst große Zweifel hatte, was denn jetzt werden sollte. Dazu kam, dass er kein Dänisch konnte und deshalb auch immer nur das verstand, was Dänen ihm auf Englisch oder Deutsch übersetzten. Bea erzählte Friedel alles haarklein weiter, auch dass die Oma in Biesdorf jetzt auf der anderen Seite des Stacheldrahts leben würde. Friedel malte sich aus, wie sie mit allen Koffern durch den

Stacheldraht hindurch kriechen würden und fragte sich, ob die Oma das auch schaffen würde.

Die Rückfahrt mit der Fähre und dem Zug war geprägt von dieser Angst und Unsicherheit, die Kontrollen waren strenger als auf der Hinfahrt und selbst die DDR-Grenzbeamten schienen nicht genau zu wissen, wie das alles weitergehen würde. Von Berlin Ostbahnhof konnte die Familie weiter in den Westteil fahren zum Bahnhof Zoo, von dort gelangten sie mit der U-Bahn und dem Bus zur Wohnung. Dort erfuhren sie, dass der Stacheldraht schon seit einigen Tagen durch eine Mauer ersetzt wurde, West-Berlin wurde eingemauert. Es hatte schon den ersten Toten gegeben, der versucht hatte, nach West-Berlin zu fliehen. Auf der Ostseite der Mauer standen russische Panzer, auf der Westseite amerikanische, und in den Zeitungen konnte Friedel das Wort WELTKRIEG in dicken Überschriften entziffern. Einen Tag später lernte er die Mauer dann von nahem kennen, an der Bernauer Straße, dort wo das Lazarus-Krankenhaus war, wo die Himmelsmutti sofort nach der Reise eingeliefert wurde.

Aber das ist alles nach der Reise gewesen und macht ihm einen unangenehmen Klumpen im Bauch. Er möchte jetzt nicht daran denken. Er liegt hier in der Sonne auf dem Liegestuhl, der genauso rote Streifen hat wie die Liegestühle in Nanok und möchte an Sonne, Meer und Kieferduft denken. Ob es wohl auf Amrum auch so schön ist? Vater sagt, sie würden „wild" zelten auf einem großen Heidegrundstück bei den Dünen. Das klingt nach Abenteuer. Mutter Anna packt schon die Reisetaschen und Vater hat mit Jan zusammen den Gepäckträger auf das Grauchen geschraubt. Friedel kann es gar nicht mehr erwarten. Urlaub auf der Insel!

Am nächsten Morgen geht es los. Die erste Tagesetappe geht wie immer nach Hamburg zu Tante Ellen. Diesmal sind die Grenzer gnädig oder haben Mitleid mit dem Auto, das bis unters Dach mit Menschen und Sachen angefüllt ist. Dadurch ist Vater so gut gelaunt, dass er auch den Hamburger Stadtverkehr fast spielerisch meistert. Es gibt keine Papp-Polizisten diesmal und er lässt sich von Mutter Annas Intuition leiten. Tante Ellen ist ganz überrascht, wie schnell die Berliner Verwandtschaft da ist und verköstigt und beherbergt alle herzlich wie immer. Am nächsten Tag sind sie schon mittags am Hafen von Dagebüll. Hier wird Vater etwas kribblig, als er mit Grauchen auf die Fähre gewunken wird, er rangiert mit hochrotem Kopf mehrmals vor und zurück, bis er endlich in der Position steht, in der er stehen soll. Der Rest der Familie geht zu Fuß auf die kleine Fähre, Jan und Friedel klettern sofort hoch zum Ausguck, von wo aus man auch den Kapitän sehen kann. Hier riecht es richtig nach Meer, die Luft ist ganz salzig, am Himmel türmen sich die Wolken und das Schiff schaukelt hin und her.

Die Fahrt dauert ziemlich lange, obwohl schon bald eine Insel in Sicht ist, aber die falsche: Sie müssen erst an Föhr vorbeifahren, ehe sie schließlich den Hafen von Amrum erreichen. Bine ist etwas blass um die Nase und scheint den Wellengang nicht so gut zu vertragen, Jan und Friedel sind dagegen von ihrem Ausguck gar nicht wegzubewegen, auch für Klappstullen haben sie keine Zeit, sie müssen gucken und sich den salzigen Wind um die Ohren pfeifen lassen. Zwischendurch holt der Kapitän die beiden zu sich ans Steuer: Sie bekommen die Kapitänsmütze auf und dürfen mal das Steuerruder halten. Von diesem Tag an ändern sich Friedels Berufswünsche: Er möchte unbedingt Kapitän werden. Zum Geburtstag wird er sich eine Kapitänsmütze wünschen, das steht fest.

Auf Amrum sind viele Häuser mit Stroh gedeckt und sehen strahlend weiß aus. Bea erklärt Friedel, das sei kein Stroh, sondern Ried. Was auch immer, es sieht schön aus hier. Sie müssen sich ein bisschen durchfragen, bis sie zum Heidegrundstück kommen, auf dem sie ihr Zelt aufschlagen dürfen. Das Grundstück gehört einem alten Freund von Vater, der aber nicht dort wohnt. Etwas unschlüssig sehen sie sich auf dem riesigen Grundstück um. Wo sollen sie das Zelt hier aufstellen, überall ist Heidekraut, am anderen Ende fangen die Dünen an und man kann den Leuchtturm sehen. Sie entschließen sich, dicht an die Dünen zu fahren und nicht zu weit vom Bauernhof entfernt, wo sie Wasser und Milch bekommen können. Dort wird das Auto erst einmal entladen und der geeignete Platz für das Zelt gesucht.

Bine fragt: „Wo ist denn hier das Klo?"

Vater sucht den Klappspaten und zieht erst einmal los, um in den „Kuscheln" am Dünenrand eine Grube auszuheben. Auch ein Brett hat er gefunden als Absicherung, damit man nicht in die Grube hineinfällt. Bine hockt sich lieber ins Heidekraut, sie möchte nicht in diese Grube machen, auch wenn Vater das neue Klo in leuchtenden Farben anpreist. Mutter Anna ist in der Zeit mit Bea und Eimern losgezogen, um Wasser vom Bauern zu holen. Oma bereitet auf Kisten ein improvisiertes Abendmahl vor. Friedel hilft Vater und Jan beim Zeltaufstellen. Zuerst werden die großen Zeltstangen aufgestellt und miteinander verknüpft. Dann werden die Stoffbahnen aufgehängt. Der schwarze Baumwollstoff der Kohte wiegt schwer. Jan ist äußerst geschickt beim Verknoten, er ist seit einiger Zeit bei den Pfadfindern und lernt dort solche Sachen wie Zelte bauen und Knoten machen. Friedel muss dagegen meistens nur irgendwas holen oder halten.

Er wundert sich: „Warum hat das Zelt oben ein Loch?"

Vater erklärt ihm, dass die Kohte ein Zelt ist, in dem man Feuer machen kann, deshalb braucht sie oben ein Loch, damit der Rauch abziehen kann. Solche Zelte benutzen die Lappen in Nord-Schweden. Vater bekommt ganz leuchtende Augen, wenn er von Schweden erzählt, das hat Friedel schon öfter bemerkt. Er war früher mit Jugendgruppen in Schweden, das war so ähnlich wie Jans Pfadfinder, richtig in der Wildnis, mit Feuer machen, Geländespielen und Spuren lesen. Sie trafen sich dort mit schwedischen Gruppen und kochten und sangen zusammen. Dort hat er auch Gitarre spielen gelernt, „Klampfe" sagt er immer dazu.

„Aber was ist, wenn es regnet? Dann kommt das Wasser doch ins Zelt!"

Vater zeigt ihm das kleine Stoffdach, wenn es regnet, kann man es oben mit Schnüren befestigen. Es ist auch aus diesem schwarzen, dicken Stoff und riecht stark nach Rauch, fast so wie der Zigarrengeruch in Vaters Arbeitszimmer.

„Dann muss man das Feuer vorher ausmachen?"
„Genau!"
„Machen wir heute Abend Feuer?"
„Ja, wenn ihr beide trockenes Feuerholz sammelt!"

Jan und Friedel ziehen sofort los ins kleine Wäldchen am Rande der Dünen und suchen nach Feuerholz. Die Kiefern sind sehr klein, „Krüppelkiefern" sagt Jan. Friedel sammelt den Reisig als Anmachholz, Jan die dickeren Äste und Wurzeln. Sie müssen lange suchen, ehe sie genug für ein Feuer zusammen haben. Besonders die Wurzeln sind oft noch feucht. „Die legen wir hier in die Sonne zum Trocknen, dann können wir sie in ein paar Tagen verbrennen." sagt Jan und der kleine Bruder schaut bewundernd zu ihm hoch: Was der alles weiß und kann! Er hat bei den Pfadfindern auch Gitarre spielen gelernt und kann auf Vaters Wanderklampfe schon ein paar Lieder spielen.

Später am Abend ziehen Bea, Jan und Friedel noch einmal los, um die Umgebung zu erkunden. Bea hat eine Taschenlampe mit, die brauchen sie aber kaum, weil alle paar Sekunden der Leuchtturm von Wittdün einen hellen Lichtkegel über die Dünenlandschaft schickt und alles in weißes Licht taucht. Der Strand hinter den Dünen ist endlos weit und sehr breit, sie müssen lange laufen, bis sie endlich am Wasser sind. Sie ziehen sich Schuhe und Strümpfe aus und laufen auf dem glitschigen Sand in die kleinen Wellen. Ab und zu spritzt eine Welle hoch und macht die Hose und das Hemd nass, das gibt jedes Mal großen Spaß. Das Wasser ist ziemlich kalt, aber die Luft ist mild. Ein leichter Wind weht von den Dünen zum Meer hinaus. Ein großer, honiggelber Mond guckt immer wieder durch die schnell am Nachthimmel vorbeiziehenden Wolken hindurch und lässt die Wellen golden schimmern. Kein Mensch am Strand, einige Nachtvögel in der Ferne. Das Rauschen der kleinen Wellen. Schön ist es hier.

Zurück im Zelt hat Mutter Anna schon alles eingerichtet, die Luftmatratzen und Schlafsäcke liegen bereit. Jan trägt das Feuerholz in die Kohte, holt ein paar Steine, aus denen er einen Kreis bildet, errichtet in der Mitte des Kreises aus drei Ästen eine kleine Pyramide, schiebt in den Zwischenraum etwas Anmachholz und zündet es an. Es dauert eine Weile, er muss immer wieder Reisig dazwischen schieben, aber schließlich fangen die dickeren Äste Feuer und er kann andere nachlegen. Friedel ist begeistert, er möchte am liebsten andauernd Holz nachlegen, aber Jan stoppt ihn und sagt: „Das Feuer darf nicht zu groß werden, das ist gefährlich im Zelt, und wir wollen doch noch eine Weile Feuer haben." Ja, Friedel ist zwar hundemüde, aber von ihm aus kann das Feuer die ganze Nacht brennen, er kann sich nichts Schöneres vorstellen, als in die lustig züngelnden Flammen zu schauen und dabei langsam ins Traumland hinüber zu gleiten.

Aber es gibt noch etwas Schöneres: Alle drei liegen auf dem Rücken in ihrem Schlafsack und schauen hinauf, dem Rauch nach, der, sich sanft kräuselnd, gemächlich durch die runde Deckenöffnung in den Nachthimmel zieht. Und dort oben kann man richtige Sterne sehen! Einer blinkt geradewegs in die Kohte hinein, er funkelt und glitzert wie ein Edelstein. Ab und zu wird er von einer Wolke verdeckt oder vom Rauch, wenn gerade ein dicker weißer Rauchschwaden die Deckenluke füllt. Und dann ist er wieder da und blitzt.

„Warum funkelt der so?" fragt Friedel.

„Der blinzelt dir zu!" sagt Bea.

„Quatsch!", unterbricht Jan, „Das liegt am Schmutz in der Atmosphäre, deshalb blinken die Sterne!"

Friedel wundert sich, weshalb dreckiger Schmutz solche schönen Auswirkungen hat. Gut, dass ein bisschen Schmutz in der Atmosphäre ist! Genau weiß er eigentlich nicht, was „Atmosphäre" ist, aber er will lieber nicht nachfragen, um nicht dumm dazustehen vor seinen älteren Geschwistern. Es ist bestimmt ein anderes Wort für Luft. Oder Himmel? Oder ist es dasselbe, die Luft geht bis in den Himmel rein? Er fragt lieber etwas Intelligenteres:

„Wie weit ist denn der Stern weg?"

„Millionen von Lichtjahren!" sagt Jan lapidar, als wäre es nichts.

Verflixt, schon wieder so ein Wort: Lichtjahre. Jahre – das ist doch Zeit und keine Entfernung! Er muss einfach nachfragen: „Was sind denn Lichtjahre?"

Am Schweigen erkennt er, dass Jan und Bea auch nachdenken müssen. Um Zeit zu gewinnen, sagen sie: „Ja, wie sollen wir dir das erklären?" - so, als ob es eigentlich völlig klar wäre, aber sie nur darüber nachdenken müssten, wie sie ihrem kleinen, dummen Bruder das jetzt verständlich machen sollen. Aber die Stimmung ist gelöst und ganz weich heute Nacht. Er hat sich schon lange nicht mehr so wohl gefühlt mit seinen beiden älteren Geschwistern zusammen. Ganz früher, in der Baseler Straße, hat er ja mit Jan zusammen in einem Zimmer gewohnt und oft Unterhaltungen geführt. Aber das ist lange her.

Schließlich erzählt ihm Bea von Einstein, den Namen hat er auch schon mal gehört. Ein Genie, der alles über die Welt und das Weltall herausgefunden hat, einfach nur so, durch Nachdenken. Und der hat gemerkt: Zeit und Raum, also Entfernung, das gehört irgendwie zusammen, ja es ist dasselbe. Und es gibt auch keine geraden Linien, die sind alle ein bisschen krumm und treffen sich in der Unendlichkeit. Das kann sich Friedel gar nicht vorstellen. Aber es kommt noch besser: Ein Lichtjahr ist die Zeit, die ein Lichtstrahl braucht, um von dem einen Ort an den anderen zu gelangen. Friedel hat gar nicht gewusst, dass Lichtstrahlen Zeit brauchen.

„Doch," erklärt Bea, „bei den Tönen, da kannst du das hören, dass die Zeit brauchen, denk mal ans Echo! Und genauso ist das beim Licht, das ist zwar viel schneller als die Töne, aber es braucht auch Zeit!"

Gut, das leuchtet ihm ein. Aber ein Jahr Zeit? Das muss doch unendlich weit entfernt sein?

„Das ist noch gar nichts," behauptet Bea, „viele Sterne sind Hunderte von Lichtjahren entfernt, oder sogar Tausende! Das kann man sich überhaupt nicht vorstellen. Selbst wenn Menschen mit Lichtgeschwindigkeit fliegen könnten, würden sie es im Leben nicht schaffen, dorthin zu kommen!"

Friedel ist fasziniert. Jetzt blinzelt ihm der Stern gerade wieder zu, fast wie ein Auge. Ob da oben jemand ist, der ihn sehen kann? Sitzt am Ende die Himmelsmutti da oben auf so einem Stern und schaut zu ihm herunter? Bekommt am Ende jeder, der gestorben ist, seinen eigenen Stern? Jeder hängt seinen Gedanken nach, fast glaubt er schon, Bea wäre eingeschlafen. Aber da meldet sie sich wieder:

„Unser Lehrer hat uns mal etwas erklärt: Wenn man ein sehr starkes Fernrohr hätte und würde auf einem Stern sein, der Tausende Lichtjahre entfernt ist, was würde man dann sehen, wenn man mit diesem Fernrohr auf die Erde guckt?"

Jan scheint schon eingeschlafen zu sein, er gibt ganz gleichmäßige Atemgeräusche von sich. Friedel überlegt. Was soll man sehen? Das kommt darauf an, wo man auf der Erde hinguckt, oder? Er sagt: „Ich weiß es nicht. Was denn?"

„Wenn einer von dem Stern dort oben jetzt zu uns auf die Erde herunter guckt, dann könnte es sein, dass er gerade sieht, wie die Steinzeitmenschen aus ihrer Höhle kriechen, oder wie die Ägypter ihre Pyramiden bauen! Oder ..."

Sie machte eine lange Kunstpause, während Friedel mit heruntergeklappter Kinnlade aufrecht auf seinem Schlafsack hockte und die Augen weit aufgerissen hat.

„Oder er sieht, wie Jesus gerade ans Kreuz genagelt wird!"

Das ist nun wirklich unfassbar! Darf man so etwas überhaupt denken? Auch Bea scheint der Gedanke nicht ganz geheuer zu sein, denn sie kuschelt sich schnell in ihren Schlafsack und wünscht Friedel eine gute Nacht, sie müsse jetzt schlafen, sie sei sehr müde. Friedels Müdigkeit ist schon seit langem verflogen, und das, was er jetzt gehört hat, lässt ihn überhaupt nicht mehr schlafen. Er schaut nach dem Feuer, das schon ganz klein geworden ist, stochert ein wenig in der Glut und schiebt die Glut in der Mitte zusammen, damit keiner in der Nacht aus Versehen mit seinem Schlafsack dort herankommt und Feuer fängt. Jesus am Kreuz. Jetzt! Das Bild geht ihm überhaupt nicht mehr aus dem Kopf. Er sieht sich mit dem riesigen Fernrohr, wie er das Bild von der Erde scharf stellt, und mit einem Mal sieht er ihn: Jesus, mit der blutigen Dornenkrone auf dem Kopf, fast wie Stacheldraht, und den großen rostigen Nägeln, die durch seine Hände und Füße geschlagen wurden. Das Blut ist schon verkrustet, auch an der Seite, wo ihm der Römer mit der Lanze hinein gestochen hat. Dunkelrot, so wie die Glut, in der er jetzt herum stochert.

Er hält es nicht länger aus, er kriecht aus der Kohte ins Freie, der Mond ist ganz blass geworden und schaut zu ihm herunter, die Sterne haben sich hinter Wolken versteckt. Der Lichtkegel des Leuchtturms rotiert in der Dunkelheit, immer zweimal: ssst – ssst! Im anderen Zelt, wo Vater, Mutter Anna, Oma und Bine liegen, ist es ganz still, nur ein leises Schnarchen dringt durch die Zeltwand. Friedel muss mal. Er mag nicht zur Grube gehen im Dunkeln, Bea hat erzählt, Oma sei heute Abend eine Kröte an den Hintern gesprungen, als sie sich vor die Grube gehockt hätte. Er geht ein Stückchen weiter an einen Ginsterbusch. Eine Möwe schreit durch die Nacht. Oder ist es ein Raubvogel? Friedel wird etwas unheimlich, er kriecht schnell wieder ins Zelt und klettert in seinen Schlafsack. Aber sobald er die Augen zumacht, sieht er die leeren Augen von Jesus. Er schaut in die Reste der roten Glut – und schwupp! sieht er die roten Wundmale von Jesus.

Da war doch was mit diesem Blut? Richtig, lange her, als er noch klein war, in den schrecklichen Tagen im April, an die er gar nicht mehr denken will. Vater liest die Losung, den Bibelspruch des Tages: Der Würgeengel des Herrn geht um und bringt den Tod in jedes Haus, dessen Türpfosten nicht mit dem Blut des Lammes bestrichen ist. Und dazu das Lied im Gottesdienst damals:

Ein Lämmlein geht und trägt die Schuld
der Welt und ihrer Kinder.
Es geht und büßet in Geduld
die Sünden aller Sünder.
Es geht dahin, wird matt und krank,
ergibt sich auf die Würgebank ...

Er hat damals immer „Männlein" verstanden, so wie ihn der Vater manchmal nannte: *Ein Männlein geht und trägt die Schuld* ... Er hat nie begriffen, worin die Schuld bestand, die er büßen musste, dass seine Mutter matt und krank wurde, immer schwächer, fieberheiß und nassgeschwitzt. Am Schluss konnte sie die zerdrückte Banane mit Zwieback, die er ihr ans Bett brachte, und die er extra ihr zu Ehren mit einer Korinthe aus seinem Kaufmannsladen dekoriert hatte, gar nicht mehr essen. Sie lächelte zwar noch, aber Friedel kam es vor, als wäre sie schon in einer anderen Welt. Ihr Lächeln ging durch ihn hindurch, als wäre er aus Glas, ganz weit in die Ferne. Fast lautlos schlich er wieder zur Tür hinaus und holte einen Waschlappen mit kaltem Wasser, damit sie sich die heiße Stirn kühlen konnte.

Wo waren damals Jan und Bea gewesen? Er erinnerte sich, dass die Erwachsenen oft sagten: „Seid nicht so laut, Mutti schläft!" Mitten am Tag, das war schwer, besonders für Jan und Friedel. In der ganzen Wohnung wurde nur noch geflüstert, selbst die Schritte im Flur waren langsam und leise. Rennen, lachen, zanken – all das war nicht mehr möglich ohne ein schlechtes Gewissen. Eine Tante hatte mal zu den Jungs gesagt: „Ihr wollt doch sicher, dass eure Mutter wieder gesund wird? Dann müsst ihr schön leise sein!" Ja natürlich, sie wollten nichts lieber als das. Ihre Mutter sollte wieder gesund werden und alles sollte wieder so sein wie früher. Jan hatte damals gefragt: „Sind wir schuld, dass die Mama krank ist?" und Bea hatte gemeint: „Quatsch! Die hat was im Bauch drin, dafür können wir doch nichts!" So schlichen sie durch die Wohnung und bemühten sich, ja keinen Lärm zu machen, aber dieses *Ein Männlein geht und trägt die Schuld* ging Friedel immer im Kopf herum. Was, wenn er doch Schuld hatte?

Am Schluss waren die Kinder meistens ausquartiert: Jan war bei seiner Tante in Hamburg, er ging dort sogar zur Schule, sie war Grundschullehrerin und nahm ihn mit in ihre Klasse. Bea war meistens bei der Oma in Biesdorf und Friedel und Bine waren viel bei der Großmutter in Lichterfelde. Auch die Großmutter wollte über das „im Bauch drin" nicht sprechen, das machte sie nur traurig und dann bekam sie auch so einen verlorenen Blick nach ganz weit weg. Wieso konnte etwas im Bauch drin machen, dass man immer müde war und nicht mehr laufen konnte und fast durchbrannte vor Hitze? Diese Fragen gingen ihm im Kopf herum, wenn er mit seinem Roller eine Runde nach der anderen um den Block der Einfamilienhäuser in Lichterfelde fuhr. Manchmal lief er auch zum Kanal, und wenn er dort allein war, schrie er und trampelte und riss Sträucher aus und trat mit aller Wucht gegen Bäume. In der Wohnung traute er sich so etwas nicht, dort verzog er sich in den hintersten Winkel und hielt sich ein Kissen vors Gesicht, in das er lautlos hineinschrie.

Das macht Friedel jetzt auch: Er hält sich sein Kissen vors Gesicht, wälzt sich hin und her in seinem Schlafsack, hört die gleichmäßigen Atemzüge von Bea und Jan und fällt dann doch endlich in einen tiefen Schlaf. Er wird wach durch einen Regentropfen, der ihm ins Gesicht fällt. Es ist schon hell. Oben durch das offene Zeltdach tröpfelt es herein. Schnell weckt er Jan, der sich nachts mit seinem Schlafsack so herum gewälzt hat, dass er mit den Füßen außerhalb des Zeltes liegt und schon ganz feucht ist. Da kommt auch schon Vater, er hat immer einen leichten Schlaf und hat gemerkt, dass es regnet. Er holt das kleine

Zeltdach und verknüpft es mit der Kohte, dadurch wird es dunkler im Zelt. Bea hat sich so in ihren Schlafsack eingegraben, dass sie von alledem nichts mitbekommen hat. Aber Bine ist schon wach und kommt herüber gelaufen, um zu gucken, was die Großen so machen. Friedel geht mit Bine Milch holen beim Bauern, während Vater schon einmal auf einer Kiste den Gaskocher in Betrieb nimmt, um Kaffee und Tee zu kochen.

Der kleine Regenschauer ist schnell vorüber, so dass sie draußen frühstücken können. Die Kinder sitzen auf ihren Luftmatratzen, die Erwachsenen auf kleinen Klapphockern, das Essen steht auf einem Pappkarton. Mutter Anna hat Stullen geschmiert mit Käse und Marmelade, die Kinder trinken Pfefferminztee, die Erwachsenen Kaffee. Es gibt sogar Kakaobrei: Haferflocken mit Kakao und Milch, wie zu Hause. Nach dem Frühstück kommt die Sonne heraus und die ganze Familie zieht los zum Strand, an der Klogrube vorbei durch die Dünen. Das Erstaunen ist groß: Überall Menschen! Und als sie näher herankommen, ist das Erstaunen noch größer: Die Menschen sind nackt! Was ist denn hier los? Auf die erstaunten Nachfragen der Kinder erklärt Vater, dies sei wohl ein FKK-Strand, das hätte er nicht gewusst. Oma scheint das überhaupt nicht lustig zu finden. Bea verkündet schon mal, dass sie auf gar keinen Fall ihren Badeanzug ausziehen würde. Mutter Anna beruhigt sie: „Das brauchst du auch nicht! Wir suchen uns ein Plätzchen ein bisschen abseits vom FKK-Betrieb, da könnt ihr die Sachen anlassen!"

Sie müssen ziemlich lange durch all die Nackten hindurch, um ein einsames Plätzchen zu finden. Friedel kommt aus dem Staunen nicht mehr heraus, wie die

Nackten hier herumlaufen. Dass denen nicht kalt ist! Mutter Anna hat er schon öfter im Bad gesehen, sie schließt die Tür nie ab und findet auch nichts dabei, wenn jemand auf Klo geht oder sich die Zähne putzt, während sie duscht. Friedel schließt seit einiger Zeit ab, Jan und Bea natürlich auch. Sie möchten keinen Besuch, wenn sie auf dem Klo sitzen oder duschen. Aber das hier am Strand von Amrum sprengt wirklich seine Vorstellungskraft: Was er hier an dicken, spindeldürren, faltigen, verschrumpelten, prallen, krebsrot verbrannten, lustig wippenden, traurig hängenden, von Sonnenöl und Schweiß glänzenden, sommersprossigen, braungebrannten, kreidebleichen Körperteilen erblickt, lässt seine Augen fast aus ihren Höhlen treten.

Ein älteres Pärchen kommt ihnen entgegen. Der Mann hat eine Pudelmütze auf dem Kopf und ein buntes Hemd, darunter nichts! Die dicke Frau trägt einen riesigen Sonnenhut und um den Hals einen roten Schal, sonst nichts. Ihre Brüste sehen aus wie Flaschen und ihre Haut wie rotbraune Wurstpelle. Friedel kann sich nicht beherrschen. Er muss so lachen, dass er sich beinahe in die Buxe macht, er kann überhaupt nicht mehr aufhören. Oma zerrt ihn schon beiseite und zischt ihm zu: „Du darfst nicht über diese Leute lachen, sonst werden sie böse!" Aber er kann nichts dagegen tun, er lacht, bis ihm die Tränen im Gesicht stehen. Von dem Platz, den sie schließlich gefunden haben, unternimmt er noch einige Exkursionen, um wieder näher an die Nackten heran zu kommen. Vater erzählt, dass sie sogar nackt einkaufen gehen. Bea und Friedel unterhalten sich beim Baden im Meer darüber, wie sie das wohl machen und wo sie dann das Geld hinstecken.

Ein paar Tage später hat sich Friedel schon fast an die Nackten gewöhnt, Oma auch. Nur nachts im Schlafsack muss er manchmal aus heiterem Himmel losprusten. Bea weiß Bescheid, woran er dann denkt - Wo steckt man das Geld hin, wenn man nackt einkauft? - und gickert dann auch los. Dafür geht jetzt die Kotzerei um: Erst bekommt Bea Bauchschmerzen, dann wird Friedel schlecht und er muss sich mehrmals übergeben, einmal sogar nachts, auch Mutter Anna erwischt es und dann Bine. Vater sagt, das wäre die „Inselkrankheit", auf einer Insel würde man immer leicht hin und her schaukeln wie auf einem Boot, und daran müsse man sich erst gewöhnen. Friedel weiß nicht, ob er das glauben soll, Bea sagt wie immer, das wäre Quatsch. Eine Insel wäre doch kein Boot.

Gegen Ende der Reise geht Mutter Anna auf die Suche, wo man denn Wäsche waschen kann und wird dann im Nachbarort fündig. In Nebel befindet sich eine kleine Gemeindebücherei neben der Kirche, dort gibt es warmes Wasser auf der Toilette im Handwaschbecken. In zwei Stoffbeuteln nimmt sie kleine Wäschestücke mit und wäscht sie mit Rei durch. Vater ist das unangenehm, aber er kann ihr auch keinen besseren Vorschlag machen, deshalb tut er so, als wisse er von nichts. Friedel bekommt mit, wie Oma zu Mutter Anna sagt: „Das ist ja alles schön und gut mit dem Zelten und dem wilden Leben draußen in der Natur, aber Gerhard hat früher bestimmt keine Wäsche gewaschen, wenn er mit den Jungs auf große Fahrt ging. Die haben die Klamotten getragen, bis sie an der Haut festklebten!"

Als sie am letzten Abend noch einmal ans Meer gehen, leuchtet das Wasser. Überall, wo Wellen sind, oder das Wasser sich bewegt, schimmert es geheimnisvoll bläulich und grünlich auf. Alle sind völlig fasziniert und starren auf die leuchtenden Wellen. Vater erklärt, dass es bestimmte Algen wären, die im August für ein paar Tage anfangen würden zu leuchten, so ähnlich wie Glühwürmchen, es würde „Meeresleuchten" genannt. Die Jungs wollen unbedingt in den schimmernden Wellen baden, ziehen sich die Klamotten aus und springen ins Wasser. Vater muss auch hinterher, nur Oma bleibt mit Mutter Anna, Bea und Bine am Ufer, um das Schauspiel zu genießen.

Lumumba

Opa ist gestorben! Diese Nachricht löst eine ganze Welle von Bildern und Klängen in Friedels Kopf aus. Er hört seine eigene Stimme im Kopf: „Lumumba ist tot!" Aber wer ist Lumumba? Und was hat Opa mit diesem Lumumba zu schaffen? Er muss unbedingt die Großmutter fragen. Aber die ist im Moment mit tausend Dingen beschäftigt. Sie trägt ein schwarzes Kleid und hat tiefe Falten im Gesicht. Er muss noch warten mit seiner Frage, bis die Beerdigung vorbei ist.

Er sieht plötzlich den Jungen aus seiner Klasse vor sich, der vom Laster überfahren wurde. Wie lange ist das schon her? Er weiß es nicht genau. Er weiß noch nicht einmal mehr den Namen. Er sieht nur sein Bild: Dieser lange, etwas ungeschickte Junge, wie er da steht und verlegen grinst. Mit wem war er befreundet? Wer hat mit ihm gespielt? Wo hat er gesessen in der Klasse? Er weiß es nicht mehr. An dem Morgen, an dem Fräulein Herrmann der Klasse mitteilte, dass ihr Mitschüler von einem Laster überfahren wurde, als er auf der Holländerstraße einem Ball hinterherlief, hat er seinen Namen vergessen. Er wollte ihn nicht wissen, er wollte damit nichts zu tun haben. Er sah nur, dass sein Freund Hotte grinste, das erschreckte ihn.

Auf dem Nachhauseweg fragte er Thomas: „Warum hat Hotte gegrinst, als Fräulein Herrmann das mit dem Unfall erzählt hat?"

„Der hat nich jegrinst!"

„Aber Fräulein Herrmann hat doch mit ihm geschimpft, weil er gegrinst hat!"

„Da siehste mal wieder, wie ungerecht sie is! Sie schimpft ihn aus und er hat nüscht jemacht!"

„Aber ich hab's doch auch gesehen!"

„Du spinnst, niemals! Warum soll der denn grinsen, wenn eener tot is?"

„Vielleicht mochte er ihn nicht?"

„Quatsch!"

„Meinst du denn, er mochte ihn?"

„Weeß ick nich!

„Siehste!"

„Wat heißt hier 'Siehste'! Ooch wenn der nich sein Freund war, da freut der sich doch nicht, wenn der tot ist! Mochtest du ihn denn?"

„Nee!"

„Na bitte!"

„Was meinst du mit 'Na bitte'?"

„Warum hat die alte Kuh mit ihm jeschimpft?"
„Weil er gegrinst hast! Ich war traurig!"
„Hotte war ooch traurich!"
„Und warum hat er dann gegrinst?"
„Er h a t nich jegrinst, kapier det doch!"

Warum fällt ihm das jetzt wieder ein, nach so langer Zeit? Er hat jedes Wort dieser Unterhaltung in seinem Ohr. Komisch, da stirbt einer, den man gekannt hat, und dann unterhält man sich über so was. Als könnte man das andere damit ungeschehen machen, den Ball, der auf die Straße rollt, die großen Räder, die Stoßstange, den Jungen, der wie ein Ball hoch in die Luft geschleudert wird und dann auf der Fahrbahn liegen bleibt wie eine kaputte Schaufensterpuppe, ein paar Meter neben dem Zebrastreifen. Ein Junge, mit dem keiner in der Klasse befreundet war.

Er weiß, dass er einen Tag später die Holländerstraße entlang gegangen ist und Ausschau gehalten hat. Da musste doch irgendwo ein Fleck sein auf der Fahrbahn, da mussten doch noch Spuren sein, dass hier ein Junge wie ein Ball durch die Luft geflogen ist. Nichts. Kein Fleck. Kein zerquetschter Ball im Rinnstein. Der Verkehr rumpelte und sauste über die Holländerstraße wie immer. Die Menschen hasteten den Bürgersteig entlang als wäre hier gar nichts geschehen. Seltsam. Dann stand er plötzlich in einer gekachelten Toreinfahrt und erinnerte sich: Hierhin waren sie früher gelaufen, als sie noch in der Baseler Straße gewohnt hatten, und hatten Ziegenmilch und Ziegenkäse gekauft. Hatte nicht sogar eine Ziege im Hof gestanden? Auf jeden Fall hatte der ganze Innenhof nach Ziege gerochen.

Er hat immer noch den Geruch von Ziegenmilch in der Nase und er sieht die weißen Kacheln mit dem blauen Muster vor sich. Friedel hockt in der Ecke hinter seinem Bett und macht die Augen zu. Wenn er die Augen schließt, kann er die Erinnerungen besser riechen und sehen. Er weiß nicht mehr, wie die Ziegenmilch schmeckt, aber er kann sie riechen. Er stellt sich Opa vor, wie er da in seinem großen Sessel, dem Elektrischen Stuhl, sitzt. Nach was riecht er? Er hatte öfter einen grauen Anzug an, und der roch leicht nach Handelsgold, der Zigarrenmarke, die auch Vater raucht. Der Zigarrenrauch bleibt im Anzug haften.

In den letzten Monaten hat er Opa nicht mehr so oft gesehen. Und wenn, durfte er nicht mehr zu ihm auf den Schoß. Aber dazu ist er auch schon zu groß. „Hoppe hoppe Reiter" und „So reiten die Herren" - das ist ja nun lange vorbei. Schade eigentlich. Der Platz auf Opas Schoß, das war eine Insel. Das war ein sicherer Ort, wo ihm nichts passieren konnte. Egal, was um ihn herum passierte, wer dort hin- und herlief, Essen herein- oder hinaustrug, dort saß man in Sicherheit. Dort konnte man die Augen schließen und dem gleichmäßig tickenden Herzschlag und den tiefen, beruhigenden Schlägen der Standuhr, der alten Dame, lauschen. Friedel hört die Schläge „bumm bumm bumm", er hört auch das metallische Klicken der Kette, kurz bevor die Schläge beginnen. Er kann Erinnerungen nicht nur besser riechen und sehen, er kann sie auch besser hören, wenn er die Augen geschlossen hat.

Wie wird es sein, wenn der Elektrische Stuhl jetzt leer ist? Wenn er nicht mehr das morgendliche Prusten und Schnaufen im Badezimmer hört, wo Opa in der kalten

Badewanne weit aufs Meer hinausschwimmt? Wenn er nicht mehr sein dröhnendes Lachen hört, wenn er sich freut? Wenn er nie mehr mit ihm am Teltowkanal spazieren gehen kann? Was bleibt von ihm? Ein leerer Sessel, ein Hauch von Handelsgold, die dicken Buchrücken der theologischen Wälzer von Karl Barth im Bücherregal im Wohnzimmer. Er hat Angst vor einer Lichterfelder Wohnung ohne Opa.

Bei der kirchlichen Beerdigung ist Friedel wie in einem anderen Film. Er muss sich immer wieder zusammenreißen und sagen: „Heute wird mein Opa beerdigt!", aber seine Gedanken schweifen andauernd ab. Er braucht gar nicht mehr die Augen zu schließen, die Menschen um ihn herum verwandeln sich vor seinen Augen in die Trauergemeinde im Lutherhaus, damals, in den schlimmen Tagen im April. Der schwarze Talar, die schwarze Menschenmasse, die Orgel, die Lieder, das unterdrückte Schluchzen neben ihm, die leeren Blicke, die grenzenlose Traurigkeit, die sich wie Blei auf die Menschen senkt und sie in die harten Holzbänke niederdrückt. Die blumengeschmückte Holzkiste da vorne. Er möchte aufspringen und hinlaufen, die Blumen hinweg fegen, die Kiste öffnen und schreien: „Komm heraus, Lazarus!"

Aber die Kiste bleibt zu. Sie wird hinausgetragen auf den Friedhof, endlos langsam, es scheinen Minuten zu vergehen mit jedem Schritt, und dann endlich wird die Kiste mit dicken Seilen in die Grube abgesenkt. Aus der schwarzen Menschenmasse ist ein großer, dichter Kreis geworden, wie damals. Wann singen sie? Sie singen nicht, Friedel kann es aber dennoch hören, es braust ihm in den Ohren:

Christ ist erstanden
von der Marter alle.
Des solln wir alle froh sein
Christ will unser Trost sein
Kyrieleis.

Er will nicht an den Rand der Grube, er hat Angst, dort hinunter zu schauen in das dunkle Loch, *gestorben und begraben, niedergefahren zur Hölle,* er hat Angst hinunter zu fallen in das Reich der Toten, er will diesen fremden schwarzen Leuten nicht die Hand schütteln, er will in Ruhe gelassen werden. Er stellt sich plötzlich vor, die Kiste öffnet sich und es steigt jemand heraus. Aber jetzt schütten sie Erde auf die Kiste, da kann keiner mehr heraus. Friedel will nur noch weg, er will das alles nicht noch einmal erleben. Hier kommt keiner mehr raus, das ist alles gelogen, von wegen *Auferstanden am dritten Tage nach dem Tod",* keiner wird auferstehen, er hat lange genug auf den Tag gewartet, hat lange genug den in Stein gemeißelten Liedvers auf dem Grabstein seiner Mutter wie einen Zauberspruch vor sich hingemurmelt:

Gar nichts verdirbt,
der Leib nur stirbt,
doch wird er auferstehen
und in ganz verklärter Zier
aus dem Grabe gehen.

Er hat den gewaltigen Osterchor am Grab ernst genommen, damals. Er hat sich daran geklammert wie an einen Strohhalm, die Gesänge haben in ihm ein Licht der Hoffnung entzündet: Sie wird wieder auferstehen, so wie Jesus und Lazarus! Sie wird wieder zurückkommen! Sie wird ihn nicht alleine lassen. Sie wird wiederkehren, und dann wird sie nicht mehr fieberheiß und matt und krank sein, sie wird gesund sein, so wie früher!

Und jetzt steht er hier, und der nächste Mensch, den er geliebt hat, wird in der Erde verbuddelt, und nichts ist passiert und nichts wird passieren. Wer hier begraben ist, der kommt nicht wieder. Die Würmer fressen ihn auf von Kopf bis Fuß, und am Ende bleiben bloß ein paar Knochen übrig.

Als er abends beim Gutenachtsagen Mutter Anna etwas von seinen Gedanken verrät, nickt sie zu seinem großen Erstaunen: „Ja, Friedel, du hast Recht! Der Körper von deinem Opa wird aus dem Sarg nicht mehr herauskommen, so wie auch der Körper deiner Mutter. Das ist gemeint mit „der Leib stirbt". Aber der Mensch hat mehr als seinen Körper. Die Seele stirbt nicht, die bleibt!"

„Aber wo bleibt die denn?"

„Das wissen wir nicht, weil ja noch keiner zurückgekehrt ist, um davon zu berichten."

„Außer Jesus."

„Ja genau, der ist zum Himmel aufgefahren."

„Also ist Opas Seele jetzt da oben?"

„Wir können noch nicht sehen, wo der Himmel ist. Erst, wenn wir da sind."

„Also nicht in den Wolken?"

„Das haben die Menschen sich früher so vorgestellt, als es noch keine Flugzeuge gab, die da oben herum geflogen sind."

„Aber wo dann?"

„Wir wissen es erst, wenn wir da sind. Das ist der Trost, wenn einer stirbt: Wir werden alle lieben Menschen wiedersehen."

„Du meinst, die Seelen!"

„Ja, weil man den Körper dann nicht mehr braucht. Dann kann man auch nicht mehr krank werden!"

„Meinst du? Glaubst du, die Himmelsmutti ist wieder ganz gesund?"

„Bestimmt! Munter wie ein Fisch!"

Friedel muss lächeln. Die Vorstellung, seine Himmelsmutter ist ein munterer Fisch, gefällt ihm.

„Meinst du, sie kann mich hören?"

„Auf jeden Fall! Und sie freut sich, wenn es dir gut geht!"

„Opa auch?"

„Aber ja, Opa auch!"

Ein paar Tage später ist er allein in Lichterfelde bei seiner Großmutter. Sie trägt immer noch dieses schwarze Kleid. Waren ihre Haare eigentlich schon immer so weiß? Er setzt sich vorsichtig in Opas Sessel, riesig ist der auf einmal, und lauscht dem Ticken der Alten Dame. Leise flüstert er. „Hallo, Opa, wo auch immer du jetzt bist! Ich möchte ein bisschen hier bei dir sitzen. Ich bin noch sehr traurig. Ich hoffe, dir geht es gut und du hast nicht mehr diese blöden Herzschmerzen." Nach einer Weile fragt er: „Kann man da oben bei euch eigentlich auch schwimmen?"

Später sitzen seine Großmutter und er zusammen in der Küche und essen Blumenkohl mit Holländischer Soße und Kartoffeln. Eine ganze Weile lang sagt Friedel nichts, er genießt das leckere Essen. Dann fragt er: „Großmutter, wer ist nochmal Lumumba?" Großmutter schaut sehr verwundert: „Der ist schon lange tot. Das war ein afrikanischer Politiker aus dem Kongo. Warum fragst du danach?

„Als ich gehört habe, Opa ist tot, habe ich als erstes gedacht: 'Lumumba ist auch tot!' Aber ich weiß nicht, woher ich ihn kenne."

„Ja, das muss damals gewesen sein, als deine Mutter so schwer krank gewesen ist und du hier ganz viel bei mir warst. Richtig, so war es: Dein Opa hatte Zeitung gelesen und du hast auf der Titelseite die Überschrift entziffert, du konntest ja schon große Buchstaben lesen damals, und da stand: 'LUMUMBA IST TOT'. Und da war ein Foto von Lumumba dabei und du hast dir das Foto ganz genau angeschaut und warst untröstlich, dass Lumumba tot ist."

„Wart ihr denn auch traurig?"

„Ja, nicht so sehr wegen Lumumba, aber wir waren sehr besorgt, wie es mit deiner Mutter weitergehen würde. Die Ärzte im Lazarus-Krankenhaus hatten ja festgestellt, dass sie sehr krank war, und es gab nicht viel Hoffnung, dass sie geheilt werden könnte. Wir konnten euch nicht sagen, wie schlimm krank sie war, aber du hast es bestimmt gemerkt, weil wir so traurig waren, und deshalb warst du traurig über Lumumba."

„Was hatte sie denn?"

„Sie hatte Leberkrebs, der hat ihren ganzen Bauch zerfressen."

„Haben die Ärzte ihr das erzählt?"

„Nein, sie wusste nicht, was sie hatte."

„Warum hast du es ihr nicht gesagt?"

„Wir hatten Angst, wenn sie es erfährt, dann gibt sie sich auf und hat keine Kraft mehr, gegen ihre Krankheit zu kämpfen!"

„War sie deshalb immer so heiß?"

„Ja, der Körper hat bis zum Schluss wie verrückt gegen den Krebs gekämpft!"

„Und verloren!"

„Ja, leider. Sie hatte zum Schluss keine Kraft mehr. Es war, als ob sie innerlich verbrannt ist."

Großmutter wischt sich mit der Schürze die Tränen aus dem Gesicht. Sie wendet sich ab und räumt den Tisch ab. Friedel springt auf und hilft ihr dabei. Gemeinsam machen sie schweigend den Abwasch, dann holt Großmutter den Nachtisch aus dem Kühlschrank: Errötendes Mädchen. Großmutter macht die Vanillesoße warm, Friedel deckt kleine Teller und Löffel. Als sie wieder am Tisch sitzen, fragt er: „Du, Großmutter, vermisst du Opa auch?"

Großmutter nickt stumm und putzt sich umständlich die Nase.

„Was hatte Opa denn?"

„Dein Großvater war schon alt. Er war 20 Jahre älter als ich!"

„Das ist ja wie bei Mutter Anna und Vater! Der ist auch viel älter!"

„Genau. Und er hat leider eine ähnlich traurige Geschichte erlebt wie dein Vater. Die erste Frau, die er geheiratet hat, ist auch gestorben. Und dann stand er alleine mit seinem kleinen Sohn, das war Hans."

„Und dann bist du gekommen?"

„Ich war noch sehr jung, als wir heirateten, so wie deine Mutter Anna."

„Dann ist also Hans gar nicht dein Sohn?"

„Hans ist mein Stiefsohn, so nennt man das."

„Und wie hieß die Mutter von Hans?"

„Die hieß Dörte, so wie deine Mutter."

„Warum habt ihr denn meine Mutter auch Dörte genannt?"

„Dein Opa hat seine erste Frau sehr geliebt. Und als wir dann unsere erste Tochter bekommen haben, haben wir sie nach seiner ersten Frau benannt."

„Und diese Dörte ist dann auch gestorben."

„Ja, das war schrecklich für deinen Großvater. Er ist nie mehr darüber hinweggekommen."

„Ist er deshalb gestorben?"

„Sein Herz hat versagt. Aber er hat den Lebensmut verloren, als deine Mutter, seine Dörte, starb. Das hat ihm das Herz gebrochen."

„Richtig kaputt gebrochen?"

„Nein, das sagt man so. Aber es stimmt ein bisschen."

Schillerpark

Es ist wieder Winter geworden, richtig kalt. Gestern hat es angefangen zu schneien, heute liegt überall eine dicke, weiße Schneedecke. Friedel steht am Küchenfenster und schaut fasziniert dem Tanz der Schneeflocken zu. Es riecht lecker nach heißer Schokolade und Orangenschalen, Friedel hat seinen Kakao schon getrunken und wartet nun sehnsüchtig, dass es endlich losgeht in den Park zum Schlittenfahren. Vor dem Haus am kleinen Abhang kann man auch ein bisschen rodeln, Jan und er haben eine kleine Schlitterbahn gemacht, aber die ist viel zu kurz. Genau richtig für Bine, die dort unermüdlich immer wieder juchzend hinunterfährt. Nein, sie wollen mit der ganzen Familie zum Schillerpark, dort gibt es große, lange Abfahrten. Friedel ist schon fertig angezogen: Wintermantel, Stiefel, Wollmütze, Handschuhe. Mutter Anna ist noch in der Küche mit Spülen und Wegräumen beschäftigt.

„Wann können wir endlich los?"

„Friedel, hilf doch Bine bitte mal beim Anziehen, dann geht es schneller. Handschuhe und Mütze habe ich auf die Garderobe gelegt."

Auch Bine ist schon ganz aufgeregt und lässt sich ohne Widerstände die Mütze und die weißen Wollhandschuhe anziehen mit dem Bändchen in der Mitte, damit sie nicht verloren gehen. Sie laufen schon vor die Tür, wo die Schlitten stehen und spielen Krankenwagen. Bine ist die Kranke und muss sich auf den Schlitten legen, Friedel zieht sie immer rund herum. Dann endlich kommen die anderen, nur Oma bleibt zu Hause. Zwei Schlitten sind da, einer ist schon mit Bine belegt, den anderen ziehen Jan und Bea abwechselnd. Irgendwann auf der Holländerstraße wird Friedel der Krankentransport zu anstrengend und Vater übernimmt. Man muss lange laufen bis zum Schillerpark, die ganze Barfußstraße hinunter bis in den Wedding.

Mutter Anna erzählt auf dem Weg Geschichten von früher, um die Zeit zu verkürzen. Sie ist hier groß geworden auf dem Wedding und kennt das ganze Gebiet um Müllerstraße und Schillerpark wie ihre Westentasche. Hier ist sie zur Schule gegangen, hier hat sie gespielt mit ihren Freundinnen oder mit ihrem Bruder, hier ist sie einkaufen gegangen in der Markthalle. Friedel war mehrmals mit, ein Gewimmel von Leuten, von Stimmen, von Gerüchen. Alles vermischt und gleichzeitig: süß neben salzig, Fisch neben Kuchen und Brot, fremdartige Gewürze, Gerüche von Leder, Parfum, Harzer Roller, Knoblauch, Zuckergebäck und Salzgurken aus dem Fass. Das ist für ihn das Beste: Die quietschnasse, saure Gurke aus dem Fass, schön in Papier eingeschlagen, für einen Groschen. „Halt schön weg von dir, damit es nicht auf die Hose tropft!" Mutter Annas absoluter Favorit ist Currywurst. Vater hat einmal gesagt: Wenn er sie mitten in der Nacht wecken würde und sagen würde: „Komm, wir gehen eine Currywurst essen!", würde sie sofort aufstehen und mitkommen. Dafür würde sie alles stehen und liegen lassen, den besten Braten, den feinsten Kuchen. Mutter Anna zeigt zu einem Haus. „Guckt mal hoch, da oben im dritten Stock hat eine Mitschülerin gewohnt, die wurde von den anderen aus der Klasse immer 'Puschliese' gerufen, weil sie öfter mal in die Hose gemacht hatte. Ich fand das ganz gemein, aber ich wollte auch nicht mit ihr spielen, weil sie immer so streng roch. Später hatte sie einen schlimmen Unfall und ich hatte ein ganz schlechtes Gewissen, weil ich das nicht verhindert habe, dass sie immer Puschliese genannt worden war." Friedel kommt die Geschichte irgendwie vertraut vor.

Sie biegen in den Park ein. „Dort drüben lagen am Ende des Krieges tote Hitlerjungen, die haben sie da einfach liegen lassen. Mein Bruder und ich durften dort auf keinen Fall hin, aber wir haben uns natürlich trotzdem dahin geschlichen, um zu gucken, wie so ein Toter aussieht. Wir haben uns oft Leichen angeguckt in der Leichenhalle vom Paul-Gerhard-Stift. Aber die hier waren noch ganz jung, nicht viel älter als mein Bruder. Der sagte immer: 'Trauste dich, anzufassen?' Klar traute ich mich, er selber hatte zu viel Schiss, obwohl er älter war als ich."

„Hast du denn keine Angst gehabt?"

„Nee, eigentlich nicht. Die waren doch tot. Die lagen da schon ein paar Tage. Es war eher eklig, sie rochen schon süßlich, obwohl es genauso kalt war wie jetzt."

„Hat die denn keiner beerdigt?"

„Doch, am nächsten Tag waren sie weg. Irgendjemand hat sie verbuddelt. Damals gab es so viele Leichen, die konnte man nicht alle in Gräber legen. So viele Gräber gab es gar nicht."

„Und warum waren die tot?"

„Die sollten von hier aus die amerikanischen Bombenflieger beschießen, statt bei Fliegeralarm in den Luftschutzkeller zu rennen, wie alle anderen Bewohner. Denen haben sie erzählt, sie könnten von hier aus die Stadt verteidigen."

„Aber das waren doch noch Kinder!"

„Na eben, das waren keine Soldaten, das waren Kinder mit irgendwelchen alten Waffen."

„Warum haben die Eltern das erlaubt?"

„Entweder die Eltern waren selber Nazis und haben den Quatsch geglaubt, dass der Krieg noch zu gewinnen ist. Oder sie hatten gar keine Eltern mehr und waren als Hitlerjungen so erzogen, dass sie alles glaubten, was die HJ-Führer ihnen erzählten."

Friedel guckt ganz genau zur Stelle, die Mutter Anna gezeigt hat, als könne er im Schnee noch Spuren der Hitlerjungen erkennen. Komisch, dass da jetzt überall schöner, weißer Watteschnee liegt. Nur an einer Stelle ist es gelb, da hat ein Hund hin gepinkelt. Die Kinder wollen unbedingt noch mehr hören, das sind spannende Geschichten. Aber Mutter Anna hat genug von den gruseligen Sachen und erzählt stattdessen lustige Anekdoten aus dem Weddinger „Milljö", sie kann so schön den breiten Berliner Dialekt nachmachen. Sie berlinert immer ein bisschen, aber wenn sie von ihrer Weddinger Kindheit erzählte, dann geht es richtig los: „Mutta kiek ma aus Fensta, Orje will nich jlooben, watte für dicke Arme hast!" Da gibt es Dutzende schöne Geschichten mit der Mutter am Fenster, zum Beispiel den Witz, den sie schon mal erzählt hat, als Friedel Fahrrad fahren lernte:

„Mutta kiek ma aus Fensta, wie ick Fahrrad fahre!"

Und bei der nächsten Runde, jetzt freihändig:

„Mutta kiek ma, jetze ohne Hände!"

Und nach einer Weile, bei der nächsten Runde:

„Mutta kiek ma, jetsss ohne Sssähne!"

Jetzt betteln die Kinder, bis sie auch die anderen Sachen erzählt, die sie so gerne hören. An erster Stelle der Wunschliste steht immer die Kurzromanze in Reimform:

„Lass mich ein bisschen schmusen
an deinem Busen!"
Da jestand se unter Tränen:
„Ick hab ja keenen!
Und den, den ick hatte,
der war aus Watte!"

Beim ersten Mal, als Friedel das gehört hat, hat er natürlich gefragt, was das mit der Watte auf sich hat und

Mutter Anna hat ihm erklärt, dass sich die Mädchen, die noch keinen „richtigen" Busen hatten, da manchmal Taschentücher oder Papier reingesteckt haben, damit es so aussieht als ob. Friedel hat sich ausgeschüttet vor Lachen bei der Vorstellung, dass es dann knistern würde, wenn man dagegen kommt. Er achtete jetzt darauf, ob er mal irgendwo so einen falschen Busen erkennen würde. Einmal war er sicher, dass er einen gesehen hatte, aber Bea erklärte ihm, dass es heute solche Schaumstoffeinlagen gäbe, da würde nichts mehr knistern. Einmal sah er eine dicke Frau mit sehr großem Busen, der ragte ein Taschentuch aus dem Ausschnitt. Bea wusste sofort Bescheid: „Die braucht das doch nicht, du Dummerchen! Die weiß bloß nicht, wohin sie ihr Taschentuch stecken soll, weil sie keine Hosentasche hat, und dort hat sie genug Platz!"

So war das also. Ein weites, unbekanntes Feld voller Geheimnisse. Er findet es herrlich, wenn Mutter Anna diese ganzen Weddinger Sachen erzählt. Wenn er allerdings in Lichterfelde ist, darf er damit nicht kommen. Im Gegenteil, er wird streng ermahnt, wenn er dort berlinert. Weniger von der Großmutter als von den Tanten: „Berliner nicht so! Sprich ordentlich!" Ist denn Berlinern nicht ordentlich? Anscheinend nicht. Wenn er einwendet, das sei doch der Berliner Dialekt, und die Bayern würden doch auch ihren Dialekt sprechen, erklären ihm die Tanten streng: „Berlinern ist kein Dialekt, sondern ein Zeichen, dass man nicht richtig Deutsch kann!" Das erschüttert ihn so, dass er gar nicht mehr weiterfragt: Wieso ist denn Berlinern kein Dialekt? Er versucht also, in Lichterfelde hochdeutsch zu reden, was ihm meistens auch ganz gut gelingt. Nur wenn er etwas ganz schnell erzählen will, zum Beispiel witzige Sachen, oder wenn er wütend ist, dann berlinert er. Das kommt dann einfach so aus ihm raus.

Die Benimmregeln in Lichterfelde sind ganz anders als zu Hause. „Nich fein, aber jesund!" sagt Oma immer, wenn jemand mal aus Versehen laut pupst oder rülpst. In Lichterfelde ist das undenkbar, hier rülpst oder pupst man einfach nicht, und genauso spricht man hier natürlich Hochdeutsch und nicht die Sprache der Männer von der Müllabfuhr. Aber gerade dieses Verpönte ist natürlich reizvoll, deshalb liebt Friedel auch die Weddinger Geschichten. Neulich in der U-Bahn hat er sich halb schlapp gelacht über die Werbesprüche der Großbäckerei Paech mit den schönen Zeichnungen dabei, und hat sie schnell auswendig gelernt:

Und der Orje sprach zum Kulle:
Jib mir mal ne Paech-Brot-Stulle!

Noch besser:

Pass uff beit Jehen oder Loofen,
Sonst kannste morjen keene Schrippen koofen!

Längst sind sie mitten im Park, probieren erst mit Bine die „Babybahn", die bestimmt zehnmal so lang ist wie die kleine Bahn zu Hause, wechseln dann zur „Engelsbahn", die schon ordentliche Buckel hat, auf denen man sich gut festhalten muss, damit man nicht vom Schlitten fliegt. Hier probiert Jan mit ihm eine neue Variante: Er legt sich mit dem Bauch auf den Schlitten und lenkt mit den Füßen, die hinten rausstehen, Friedel setzt sich oben drauf. Beim ersten Versuch fliegt er tatsächlich beim ersten Buckel hinunter und muss aufpassen, dass er nicht vom nächsten Schlitten überfahren wird. Es ist ordentlich Betrieb hier, fast wie im Berufsverkehr auf der Straße. Schließlich trauen sie sich hinüber zur „Todesbahn", dort sind viele Buckel, manche sind schon ganz vereist. Bea und Jan testen die Strecke an und sind begeistert. Auf dem Bauch kann man allerdings hier nicht fahren, das ist zu gefährlich. Aber zu zweit hintereinander geht es prima.

Als schließlich auch Mutter Anna mit Bine von der Babybahn herüberkommt, um mal zu gucken, was der Rest der Familie so macht, überredet Bea ihre Eltern, auch einmal zusammen die Todesbahn zu probieren. Vater winkt erst ab, aber als Mutter Anna sagt: „Komm, wir probieren mal, aber du musst lenken!" ist sein Ehrgeiz geweckt. Beide hocken sich hintereinander auf den kleinen Schlitten, Jan gibt noch einen kräftigen Schubs von hinten und los geht die Fahrt. Eine ganze Weile halten sie sich gut, dann aber rasen sie auf den fiesen Buckel an der Seite zu, der Schlitten springt hoch und beide sausen durch die Luft in den Schnee. Bea schreit vor Entsetzen auf, Jan und Friedel laufen schnell hinunter und helfen Mutter Anna beim Aufstehen, Vater hat sich schon wieder aufgerappelt und sieht aus wie ein Schneemann: Das ganze Gesicht und der Mantel ist weiß. Er klopft sich ab und schimpft dabei unaufhörlich mit sich: „So was Idiotisches! Ich Hornochse! Das kommt davon, wenn man als alter Mann auf die Todesbahn will!" Zum Glück ist ihnen nichts passiert. Aber wo ist der Schlitten?

Vater sagt, er hätte ein lautes Krachen gehört, als sie vom Schlitten geflogen seien. Und tatsächlich finden sich weiter unten am Abhang die zerborstenen Überreste des kleinen Schlittens. Vater klopft noch etwas an sich herum, sucht seine Brieftasche, schaut hinein, wie viel Geld darin ist, und stapft dann alleine los, um bei Eisenwaren Kirchner einen neuen Schlitten zu kaufen. Mutter Anna geht mit Bine hinüber zur Engelsbahn, Bea, Jan und Friedel zotteln hinterher. Sie sind sichtlich geschockt vom Unfall auf der Eisbahn und verzichten jetzt auf waghalsige Abfahrten und Eisbuckel. Bea passt auf Bine auf und fährt mit ihr schön vorsichtig am Rand der Engelsbahn.

Es fängt schon an, dämmerig zu werden, als Vater endlich wieder auftaucht, mit einem Schlitten im Schlepptau. Im Laden war Hochbetrieb, es gab keine normalen Schlitten mehr und er hat etwas ganz Besonders erstanden: Einen Bock! Ein Hörnerschlitten aus dickem, massiven Holz, der hält auch zwei Erwachsene aus, hätte der Verkäufer gesagt, das wäre der Mercedes unter den Schlitten. Man kann sich an den Hörnern bequem festhalten, in der Mitte hat er eine rote Sitzbespannung aus dickem Stoff.

Die Kinder sind begeistert, jeder will einmal alleine probieren, Jan sogar einmal auf dem Bauch. Nur Vater und Mutter Anna wollen nicht mehr Schlitten fahren, sie sagen, sie hätten genug für heute. Vater zwinkert Friedel zu und murmelt: „Hornochsen brauchen keinen Hörnerschlitten!" Sie brechen auf, um nach Hause zurückzukommen, aber die großen Kinder nehmen sich vor, am nächsten Tag wieder loszuziehen.

Bine darf sich auf den Bock setzen und wird gezogen, sie ist müde und ihr ist kalt, zum Glück hat Mutter Anna eine kleine Wolldecke mitgenommen, darin wird sie eingewickelt. Auf dem Nachhauseweg erzählt Mutter Anna, dass sie beim Sturz Sorge gehabt hätte, bei ihr im

Bauch wäre nämlich ein Baby. Das ist nun wirklich eine Nachricht, die wie eine Bombe einschlägt. Friedel hüpft von einem Bein auf das andere und singt: „Wir kriegen ein Baby!" Selbst Bine wird dadurch geweckt und singt mit. Mutter Anna strahlt und verspricht Friedel, dass er zu Hause mal fühlen dürfe.

„Wie lange dauert es noch, bis das Baby kommt?"
„Im Frühling, wenn es warm ist, im Mai!"
„Dann sind wir fünf Kinder!"
„Ja, eine große Familie. Freust du dich?"
„Ja! Von mir aus kann es auch direkt kommen!"
„Sag das nicht, jetzt könnte es noch nicht leben. Es ist noch winzig!"
„Hat es schon Ohren?"
„Ja, es kann schon hören!"

Bine springt vom Schlitten herunter, geht ganz dicht heran an Mutter Annas Bauch und sagt laut und vernehmlich: „Dann warte noch schön ab bis zum Frühling, hörst du, dann kannst du uns alle endlich sehen!"

Mutter Anna ist nicht ganz sicher, wie viel Friedel schon weiß über Schwangerschaft und Geburt. Aber als sie abends in die Dusche kommt, erklärt er gerade seiner kleinen Schwester, wie das alles passiert: „Also, der Bauch wird größer und größer wie ein Luftballon und das Baby ist da drinnen und wird auch immer größer und größer und schließlich ist es zu groß und dann kommt es da unten raus, das geht dann, schwupps, wie ein Gummiband auseinander und das Baby liegt da!" Bine ist beeindruckt. Mutter Anna auch. Sie denkt: „Na sieh mal an, der Junge weiß ja schon alles, dem brauch ich gar nichts mehr erzählen!"

Die Mauer

Besuch aus Westdeutschland ist im Haus. Sie möchten die Mauer sehen. Alle zusammen passen nicht ins Grauchen, also fahren sie mit dem 12er-Bus bis zur Endhaltestelle Bernauer Straße. Dort ist ein Gerüst aufgebaut, wo man hinaufsteigen und oben auf der Plattform über die Mauer hinüber nach Ostberlin schauen kann. Friedel hat schon bei der Busfahrt ein komisches Gefühl. Als sie an der Bernauer Straße aussteigen, ist ihm klar, woher das Gefühl kommt: Direkt gegenüber der Mauer ist das Lazarus-Krankenhaus, in dem seine Mutter lag, als sie nach der Rückkehr aus Langeland direkt eingeliefert wurde. Hierher sind sie mit dem Bus gefahren, damals, in diesem schrecklichen Jahr, Vater, Bea, Jan und er, um sie im Krankenhaus zu besuchen. Sofort hat er das Bild vor Augen: Man durfte bloß von außen durch die Glasscheibe winken. Seltsam unwirklich saß sie da, aufrecht in ihrem Bett, und winkte matt lächelnd zurück. So als wäre sie nicht mehr wirklich da, als würde man nur einen Geist sehen, oder eine Erinnerung. Aber als Bea anfing zu weinen, weinte sie auch.

Friedels Blick ging damals durch das Krankenzimmer hindurch, durchs Fenster nach draußen. Dort konnte man sehen, wie auf der anderen Straßenseite der Bernauer Straße die Häuser zugemauert wurden, die zu Ostberlin gehörten, deren Fenster aber zur Westseite guckten. Auf dem Dach stand ein Soldat mit grauem Helm auf dem Kopf und einem Gewehr in der Hand, der bewachte das Haus, während unter ihm Arbeiter in Unterhemden Fenster für Fenster zumauerten, mit dicken Betonblöcken. Rings um das Dach war Stacheldraht gespannt. In Friedels Erinnerung verschwamm das alles zu einem Bild: das Krankenzimmer mit der Mutter, an die er nicht mehr heran kam und die Häuser da draußen, die Stück für Stück zugemauert wurden.

Bea erzählte ihm damals auf der Rückfahrt im Bus, dass viele Bewohner aus den Fenstern nach unten gesprungen sind, um nicht eingemauert zu werden. Manche sind von der West-Berliner Feuerwehr mit Sprungtüchern aufgefangen worden, andere sind abgerutscht und in den Tod gesprungen. In seiner Phantasie hat er sich vorgestellt, wie alle Häuser, auch das Lazarus-Krankenhaus, zugemauert worden wären, und jeder, der vorher nicht mehr hinausspringen konnte, wäre lebendig begraben worden. Die Kranken konnten ja tatsächlich nicht mehr draußen begraben werden: Der Friedhof des Krankenhauses befand sich ebenfalls auf der Straßenseite gegenüber, die jetzt zum Ostteil der Stadt gehörte, niemand konnte mehr dorthin, um die Gräber zu besuchen Die Friedhofsmauer war die Grenze zwischen Ost und West, mit Stacheldraht abgesperrt, hinter der Mauer standen Soldaten mitten zwischen den Gräbern und bewachten die Grenze.

Es ist wie ein Albtraum, der plötzlich in allen Einzelheiten wieder vor Friedel auftaucht. Hier in der Bernauer Straße ist man eingesperrt, auf beiden Seiten. Auf dem Podest oben kann man die Menschen und den Verkehr drüben im Osten beobachten, wie man sonst Tiere im Zoo betrachtet: Aus sicherem Abstand zum Käfig. Dort drüben gibt es sogar noch Straßenbahnen, die quietschen altersschwach auf dem Weg zur Chausseestraße um die Kurve. Ob es da wohl auch noch den O-Bus nach Biesdorf gibt? In West-Berlin gibt es zwar noch Schienen, auch hier in der Bernauer Straße, aber es fahren keine Straßenbahnen mehr, nur die gelben Doppeldeckerbusse. Auch die sehen drüben im Osten anders aus: Friedel stößt einen kleinen Juchzer aus, als er dort einen Doppeldecker mit Schnauze entdeckt.

Aus der alten Friedhofsmauer ist inzwischen eine richtige, hohe Mauer geworden, mit Stacheldraht oben drauf. Der Friedhof dahinter ist plattgewalzt worden, alle Grabsteine sind fort. Eine einzige ebene Sandfläche, kein Halm, kein Pflänzchen, es sieht aus wie in der Wüste. Soldaten patrouillieren dort mit Hunden. Schräg gegenüber ist ein Wachtturm, die Grenzsoldaten schauen mit Fernrohren hinüber zu den Zoobesuchern auf der Plattform. In den zugemauerten Häusern auf der Bernauer Straße wohnt schon lange keiner mehr: Ein paar Tage nach dem Mauerbau kamen Räumtrupps und haben alle Bewohner abtransportiert, die noch übrig waren. Bei manchen Häusern steht nur noch die zugemauerte Fassade, der hintere Rest wurde abgerissen, damit man eine große Sandfläche bekommt wie hinter der Friedhofsmauer, zum Patrouillieren.

Das Verrückteste ist aber die große rote Backsteinkirche. Der Kirchturm steht direkt an der Mauer, die Kirche ist ringsum zugemauert, kann von keiner Seite mehr betreten werden. Vater sagt, sie heißt Versöhnungskirche und ihre Gemeinde lebt im Wedding, also im Westteil. Die Gemeindemitglieder hätten Angst, dass die Grenzer eines Tages auch die Kirche abreißen würden, so wie die Rückseiten der Häuser. In den ersten Monaten nach dem Mauerbau hätten die Leute sich noch zugewinkt, fassungslos gegenüber gestanden, Väter hätten ihre Kinder hochgehalten, damit die Großeltern auf der anderen Seite sie sehen konnten, ganze Hochzeitsgesellschaften hätten hinüber gewinkt zu den Verwandten, die nicht an der Feier teilnehmen konnten. Jetzt ist das nicht mehr möglich. Der Sandstreifen hinter der Mauer ist immer breiter geworden, hier sind nur noch Grenzsoldaten zu sehen, keine Bewohner mehr.

Jetzt wird es gleich voll auf der Plattform. Ein Reisebus ist angekommen, Touristen aus Westdeutschland drängen aus dem Bus, um die Mauer zu sehen. Das ist das Signal zum Aufbruch für Vater. Auf dem Rückweg zum Bus unterhält sich Friedel mit Bea, die auch etwas benommen wirkt nach dieser Exkursion: „Bea, irgendwo sind wir doch damals immer umgestiegen und mussten auf den Bus warten. Weißt du noch, wo?"

„Am Leopoldplatz, das weiß ich noch genau. Du bist immer hin- und hergelaufen, nach vorne an die Bordsteinkante, und hast gerufen: „Der Bus kommt!"

„Kam denn der Bus?"

„Nein, du wolltest uns anführen. Dann hat Vater die Geschichte von dem Wolf erzählt."

„Von dem Wolf und dem kleinen Jungen?"

„Genau. Der kleine Junge half beim Schafehüten und hat sich einen Spaß gemacht. Er hat immer gerufen: *Der Wolf kommt!* Die Hirten liefen aufgeregt zusammen, um die Schafe gegen den Wolf zu verteidigen. Aber da war gar kein Wolf."

„Und dann kam eines Tages der Wolf wirklich. Der kleine Junge rief immer wieder verzweifelt: *Der Wolf kommt!*, aber keiner hat ihm geglaubt! Und der Wolf holte sich das arme, kleine Lämmlein."

Da ist es wieder, das Lämmlein. *Ein Lämmlein geht und trägt die Schuld der Welt und ihrer Kinder ...* Deshalb hatte er sich diese Geschichte damals so zu Herzen genommen. Es war immer das kleine Lämmlein, das für eine Schuld büßen musste, die er nicht verstand. Er hatte sofort aufgehört mit dem *Der Bus kommt!*- Spiel, in seiner Phantasie verwandelte er sich in den kleinen Hirtenjungen, der verdammt gut Ausschau halten muss und sich keine Scherze und keine Fehler erlauben darf, damit kein Lämmlein mehr sterben muss.

Bea schaltet sich wieder ein: „Uns war damals nicht so nach Scherzen zumute, wir kamen ja direkt vom Krankenhaus. Aber du warst ja noch so klein, du wolltest einfach ein bisschen spielen."

„War Vater sauer auf mich?"

„Nein, Vater war nur unendlich traurig. Und ich auch. Wenn man Mutti gesehen hat, da hinter der Glasscheibe im Krankenbett, das war zum Heulen. Sie war so einsam da drinnen. Und wir waren so einsam da draußen."

„Stimmt es, dass sie gar nicht wusste, was sie hatte?"

„Ja. Als sie ins Lazarus eingeliefert wurde, hatte sie schon den ganzen Bauch voller Metastasen. Sie hat nie erfahren, dass sie Leberkrebs hatte, bis zum Schluss nicht."

„Meinst du nicht, sie hat es geahnt?"

„Bestimmt hat sie es geahnt. Aber es muss doch schrecklich sein, wenn man kein ehrliche Antwort auf die Frage bekommt: „Was habe ich denn eigentlich?" Wie einsam muss sie sich gefühlt haben, wie verzweifelt. Kein aufrichtiges Wort, keiner, der ihr die Wahrheit sagen konnte."

„Warum hat es denn keiner gesagt?"

„Ach Friedel, das weiß ich auch nicht. Das Wort *Krebs* war ein Tabuwort. Solange keiner dieses Wort aussprach, hofften sie vielleicht, dass die böse Krankheit wie durch einen Zauber wieder verschwinden würde. Es konnte doch nicht sein, dass eine 33-jährige Frau, eine Mutter von vier Kindern, das jüngste gerade zwei Jahre alt, einfach so wegstarb. Da musste doch ein Wunder her. Sie haben ja wirklich alles versucht: Chemie, Strahlen, Spezialisten, Naturheilverfahren, Gebete. Alles vergeblich!"

Eine Weile laufen sie schweigend nebeneinander her und hängen ihren Gedanken nach. Das ist jetzt schon so lange her, aber jedes Mal bekommt Friedel Herzklopfen, wenn er daran denkt. Eine Sache bedrückt ihn besonders: Er hat kein klares Bild mehr vor Augen von seiner Mutter. Als wäre sie durchsichtig gewesen. So wie in der Erinnerung an das Krankenzimmer im Lazarus-Krankenhaus: Sie ist da drinnen, aber er sieht durch sie hindurch, er sieht aus dem Fenster draußen die Grenzsoldaten und die zugemauerten Fenster, als wäre dieses Krankenzimmer durchsichtig. Er fragt seine Schwester:

„Kannst du dich noch gut an sie erinnern?"

„Ja, sehr gut sogar! Ihre Art zu gehen, ihre Bewegungen, wie sie sprach, alles. Du nicht?"

„Nein, ich habe kein richtiges Bild mehr in Erinnerung, nur das Foto, das auf dem Wohnzimmerschrank steht. Aber da kommt sie mir vor wie eine fremde Frau, nicht wie meine Mutter. Komisch, als ob sie durchsichtig ist."

„Dabei hast du sie in ihren letzten Wochen mehr gesehen als wir anderen. Jan war ja die ganze Zeit in Hamburg bei Tante Dagmar, ich war bei Tante Christa. Du warst mit Bine bei Großmutter in Lichterfelde. Aber als Mutti nach Hause entlassen wurde, ist Großmutter mit euch beiden in die Baseler Straße gezogen, um Vater besser helfen zu können. Im Krankenhaus konnte man nichts mehr für sie tun und rechnete damit, dass sie nur noch ein paar Wochen leben würde. Vater und Großmutter haben sich immer abgewechselt mit der Nachtwache. Tante Marlene war auch da zum Helfen."

„Ja, ich kann mich daran erinnern, dass ich Mutti Banane und Zwieback zerdrückt habe auf einem Teller. Als Verzierung hab ich oben drauf ein oder zwei Korinthen aus meinem Kaufmannsladen gesteckt. Vater hatte gesagt, sie kann nur noch schwer schlucken. Ich dachte, die Korinthen sind so klein, die kann sie bestimmt schlucken. Ich weiß, dass ich in ihr Zimmer kam. Wenn sie schlief, habe ich ihr den Brei auf den Nachttisch gestellt. Wenn sie wach war, hat sie sich bedankt. Ihre Stimme war nur noch ganz leise zu hören, wie ein Hauch. Manchmal wusste ich gar nicht genau, ob sie wirklich etwas gesagt hat, oder ob ich es nur gedacht habe. Ihre Hand war ganz verschwitzt und glühte vor Hitze. Ich dachte, sie brennt. Man konnte es spüren, auch wenn man sie nicht anfasste. Ich sehe noch ihre Hand, aber ich sehe nicht ihr Gesicht!"

Ohne dass Bea und Friedel es registriert haben, ist Jan schon eine ganze Weile hinter ihnen gegangen und hat das Gespräch mitverfolgt. Jetzt schaltet er sich ein: „Ich hab Mutti nur noch ein oder zwei Mal gesehen zum Schluss, da war Tante Dagmar mit mir nach Berlin gefahren. Ich weiß gar nicht mehr richtig, wie sie da aussah. Ich weiß nur, wir mussten alle ganz leise sein und leise sprechen, um Mutti nicht zu wecken. Dauernd wurden wir ermahnt: *Mach die Türen zu, damit Mutti keinen Zug bekommt! Nicht mit dem Ball spielen, das ist zu laut! Könnt ihr euch denn nicht mal ein bisschen zusammenreißen, ihr wollt doch, dass eure Mutter wieder gesund wird?* Gesund, von wegen! Das merkte doch jeder, dass die nicht mehr gesund wird! Ich glaube, wir waren abends bei ihr am Bett und haben das Abendgebet gesprochen. Ich hatte die ganze Zeit das Gefühl, ich könnte schuld daran sein, dass Mutti so krank ist. Ich glaube, ich wollte nur noch wieder zurück nach Hamburg, ich wusste überhaupt nicht, wie ich mich richtig verhalten sollte."

Friedel hat noch nie gehört, dass sein Bruder so viel gesprochen hat. Er ist ganz erstaunt, dass auch Jan ein schlechtes Gewissen hatte, die Befürchtung, er könne irgendetwas mit dem Tod seiner Mutter zu tun haben. Auch die Worte von Bea verfolgen ihn: „Du hast sie in den letzten Wochen mehr gesehen als wir anderen." War er denn dabei, als sie starb? Warum weiß er das nicht mehr? Da fehlt etwas in seiner Erinnerung, wie ein fehlendes Puzzlestück, ein schwarzes Loch. Und warum ist ihr Bild weg?

    Doch er hat ein Bild, aber da ist sie schon tot: Sie liegt aufgebahrt in ihrem Bett, das Schlafzimmer ist voll mit schwarz gekleideten Menschen, der Pfarrer im schwarzen Talar spricht die Aussegnungsworte, ein Lied wird gesungen. Friedel hört das Singen wie unter Wasser, auch die Geräusche um ihn herum, das Schneuzen und Schluchzen und Hüsteln. Friedel schaut in starre Gesichter, alles ist seltsam unwirklich, auch das Licht, das durch die halb zugezogenen Gardinen fällt, ist unwirklich. Ist diese Frau dort auf dem Bett wirklich seine Mutter? Er mag nicht dort hingehen, er sieht nur ihre Hände, zusammengefaltet, nicht ihr Gesicht. Er möchte raus aus diesem Raum, an die frische Luft, weg rennen, weit weg.

Windeln, Altar und Flötentöne

Im Frühling ist Mutter Anna dick und rund, Friedel darf schon öfter fühlen, wie das Baby im Bauch strampelt und kann es gar nicht mehr abwarten. Dann geht es ganz schnell, auch das Baby will nicht mehr länger warten und kommt ein paar Wochen zu früh zur Welt. Eigentlich müsste es in den Brutkasten, so klein, bläulich und zerbrechlich, wie es da liegt. Aber Mutter Anna überredet die Ärzte, ihr das Kind nach Hause mitzugeben, als ehemalige Kinderkrankenschwester weiß sie, was so ein Frühchen braucht. Friedel staunt, dass an diesem winzigen Geschöpf tatsächlich alles dran ist. Er kommt sich selbst unendlich groß vor neben seiner neuen Schwester Nelli, fast wie ein Erwachsener. Wenn er ihr den Zeigefinger hinhält, krallen sich ihre kleinen Fingerchen daran fest, die Fingernägel so winzig, dass man sie kaum sieht.

Friedel hilft beim Wickeln: Er schaltet die Wärmelampe an, achtet darauf, dass Fenster und Türen geschlossen bleiben, damit das Baby keinen Zug kriegt und beruhigt seine kleine Schwester, wenn sie das Gesicht verzieht und schreien will. Er macht komische Geräusche und Grimassen, um sie zum Lachen zu bringen. Nelli guckt aufmerksam, was da passiert, aber lächelt nicht.

„Mutti, warum lacht Nelli nicht?"

„Da musst du noch ein paar Wochen warten, Friedel. So kleine Babys können noch nicht lächeln, das kommt erst später."

„Aber schreien und beleidigt gucken kann sie doch schon!"

„Das ist ja auch erst einmal wichtiger zum Überleben: Schreien heißt: Mir geht's nicht gut, komm schnell und wechsel mir die Windel, gib mir was zu trinken oder tröste mich!"

„Und den Mund verziehen?"

„Was meinst du, Friedel?"

„Das heißt, mach schnell, sonst schrei ich!"

„Genau! Guck mal, das Baby braucht gar keine Worte und wird trotzdem verstanden."

„Aber wenn es nicht lächelt, weiß ich nicht, ob es Spaß hat."

„Das kommt dann später. Erst einmal macht es sehr deutlich, wenn es keinen Spaß hat."

Es dauert tatsächlich ziemlich lange, obwohl Friedel immer wieder mit Nelli das Lachen trainiert. Aber eines Tages verziehen sich die Mundwinkel nach oben, als sie ihn sieht, ein breites Lächeln steht für ein paar Sekunden auf ihrem Gesicht. Friedel ist begeistert: „Mutti guck mal, sie lacht! Sie erkennt mich!" Tatsächlich braucht er von da an gar keine Faxen mehr machen, sobald sie ihn sieht, schenkt sie ihm ein strahlendes Lächeln.

Natürlich kann Nelli auch nerven, manchmal. Wenn sie laut und durchdringend brüllt wie am Spieß und gar nicht wieder aufhören will. Egal, was er ihr sagt oder zeigt. Dann wird Friedel ganz nervös.

„Was hat sie denn jetzt wieder?"

„Vielleicht ist sie einfach nur müde und braucht ein bisschen Schlaf!"

„Warum gibst du ihr dann zu trinken?"

„Weil sie dann besser einschläft, wenn sie satt ist."

„Außerdem hört sie dann auf zu schreien, wenn sie trinkt!"

„Genau!"

Oft hockt Friedel bei Bea im Zimmer, wenn er genug hat von seiner Familie und vom Baby. Hier hört man nicht jedes Geräusch aus der hellhörigen Wohnung, es ist ein bisschen dunkel hier, fast wie in einer Höhle, sehr gemütlich. Bea hat einen neuen Koffer-Plattenspieler zum Aufklappen von Dual und spielt ihm stolz ihre neuesten Platten vor, „Letkiss Lady" kennt er schon, auch die Tanzbewegungen dazu. „Warum heißt das Letkiss, wenn man Polonaise tanzt?" - „Weil man am Schluss einen Kuss kriegt!" Ach so. Noch lieber hört er bei Bea das flotte „Twist and shout" von den Beatles, oder das sentimentale „Girl", bei dem man immer so schön laut mitschnaufen kann: *Oh, Göö ööööööörl*" – tiefer Seufzer! *„Göö ööööööörl*...

Das war auf der LP „Rubber Soul" mit dem schönen Cover: Die vier Pilzköpfe und der poppige orange Schriftzug. Friedel beschließt, nicht mehr jeden Monat zum Haareschneiden zu gehen, er will keine Frisur mehr, die sich am Hinterkopf anfühlt wie eine Gemüseraspel. Bea hat jetzt so einen neuen Haarschnitt mit Fransen im Gesicht, da will er sich auch nicht mehr länger kahl scheren lassen.

Erst einmal steht allerdings bei Bea und Jan die Konfirmation an. Jan wird in einen richtigen dunklen Anzug gesteckt, er sieht völlig fremd aus. Bea lässt sich zur Feier des Tages am Tag vor der Konfirmation eine Hochsteckfrisur machen, die sieht umwerfend aus, finden die Erwachsenen. Friedel weiß nicht so recht, er findet das Ganze ein wenig übertrieben. Die Frisur ist allerdings so empfindlich, dass Bea in der Nacht vor der Feier nur auf dem Bauch schlafen kann, damit die Hochsteckfrisur nicht ruiniert wird. Friedel sind seine älteren Geschwister etwas fremd, als sie da vorne vor dem Altar stehen. Er spürt deutlich den Altersunterschied. Bea und Jan sind keine Kinder mehr, sondern schon fast kleine Erwachsene.

Vater im schwarzen Talar kennt er ja zur Genüge, es ist wie eine vertraute Verkleidung, sie steht ihm ganz gut, aber er legt sie auch gerne wieder ab, wenn alles getan ist. Vater fühlt sich nicht besonders wohl, wenn er vorne im Rampenlicht steht. Aber es ist nun mal sein Beruf. Friedel hört ihm gerne zu, wenn er spricht. Er hat nicht so eine aufgesetzte Pastorenstimme wie andere Pfarrer, er spricht laut und deutlich, aber ansonsten so wie immer. Friedel mag Vaters Stimme, sie ist beruhigend und sehr vertraut. Aber mit der Predigt quält er sich immer sehr. Am Samstagabend ist sein Arbeitszimmer in dichten Qualm gehüllt, immer wieder zerknüllt er Predigtentwürfe, streicht durch, verbessert. Manchmal sitzt er die ganze Nacht an seiner Predigt und macht sich zwischendurch Kaffee, um sich wach zu halten. Es kann auch passieren, dass er dann kurz vor dem Gottesdienst alles umwirft und etwas ganz anderes erzählt. Er ist nie zufrieden mit sich, dabei kann man ihm gut zuhören, besonders wenn er frei spricht.

Aber heute, wo er seine eigenen Kinder konfirmiert, ist Vater ganz besonders aufgeregt und nervös. Er hat hektische Flecken im Gesicht und die Hände zittern ihm ein wenig, wenn er das dicke schwarze Buch hält. Er arbeitet sich tapfer durch die große Konfirmandengruppe, Namen für Namen, alle bekommen ihren Bibelspruch und ihr Kärtchen. Am Schluss müssen alle knien und Vater legt immer zweien die Hände auf und segnet sie. Da passiert es. Oma hat es genau gesehen: Er hat ausgerechnet seine beiden Kinder vergessen zu segnen!

Was nun? Sie schleicht sich nach vorne und flüstert der Gemeindehelferin etwas zu. Die gibt es weiter an Vater, so dass er am Schluss des Gottesdienstes noch einmal seine beiden Kinder nach vorne ruft und sie segnet. Das ist ein schönes Bild. Friedel grinst erleichtert und hat, als er zur Seite schaut, den Eindruck, die ganze Gemeinde lächelt vergnügt mit.

Friedel weiß jetzt sicher: Er wird später kein Pfarrer werden. Dazu leidet er zu sehr mit seinem Vater mit. Um was der sich alles kümmern muss! Was der alles machen muss, immer ansprechbereit und freundlich zu allen Leuten. Wenn er mal einen Fehler macht, bekommen es immer alle mit. Ihm geht das schon in der Schule auf den Geist, dieses nervtötende: „Du als Pfarrerskind? Das hätten wir aber nicht von dir gedacht!" Was soll das denn heißen? Was hätten sie denn gedacht, diese Schwachköpfe, dass Pfarrerskinder alle Tag und Nacht kreuzbrav sind? Kann er irgendetwas dafür, dass sein Vater Pfarrer ist? Muss er extra den schlimmen Jungen rauskehren, damit sie's endlich begreifen und die blöden Sprüche sein lassen? Ab und zu hört er von Erwachsenen den Spruch:

Pfarrers Kinder, Müllers Vieh - geraten selten oder nie!
Meistens verbunden mit der augenzwinkernden Bemerkung, das würde natürlich auf ihn überhaupt nicht zutreffen. Ist doch kein Wunder, dass Pfarrerskinder selten „geraten", wenn sie ständig so blöd angeglotzt werden wie Müllers Vieh. Friedel ist sich auch gar nicht so sicher, ob es nicht eine besondere Ehre ist, nicht so zu geraten, wie die Erwachsenen sich das vorstellen.

Er hat ja schon Probleme genug mit seinem Namen. Zum Glück nennen ihn inzwischen fast alle „Friedel", obwohl er eigentlich „Friedemann" heißt. Was für ein

Name! Er weiß, wie seine Eltern darauf gekommen sind: Wilhelm Friedemann Bach, der älteste Sohn von Johann Sebastian. Großer Musiker, genialer Organist. Sicher ein schöner Name, aber furchtbar altmodisch. Und dann noch dieser Auftrag, Frieden zu halten, friedlich zu sein! Ein Friedemann, der sich prügelt, ist undenkbar. Ein Friedemann und Pfarrerssohn, der sich daneben benimmt, ein Skandal. Zum Glück nennt ihn sein Vater inzwischen nicht mehr „Männlein".

Bei der Musik, die im Namen Friedemann anklingt, haben sich seine Eltern nicht vertan. Er macht gerne Musik und er hört gerne Musik. Wenn in der Kirche die Orgel einsetzt, bekommt er Gänsehaut. Kirchenmusik, klassische Musik überhaupt gefällt ihm, wenn nicht zu viel gesungen wird. Opernarien und diese gackernden und eiernden Wackelstimmen mag er gar nicht, Chor dagegen ist in Ordnung. Vor einiger Zeit war er mit Vater in einem Orchester-Konzert mit Oboe, da hat er gedacht: Das ist ein schöner Klang, so sehnsüchtig, wie eine Reise in die Ferne. So etwas möchtest du auch mal spielen. Aber auch die tiefen Streicher gefallen ihm, besonders das Cello, auch das bringt eine Saite in ihm zum Schwingen.

Im Augenblick ist er noch in der Flötengruppe, er hat sich als kleiner Junge mit seiner Blockflöte tapfer und flott durch die öden „Spelemann fang an"-Hefte gearbeitet, die Stücke waren entsetzlich langweilig, aber er wollte weiterkommen. Dann nahm ihn Frau Sperling in ihren Flötenkreis, wo er als einziger Junge mit vier kichernden Mädchen zusammenhockte. Er wechselte von der kleinen, piepsigen Sopranflöte zur Altblockflöte, dafür musste er Noten und Griffe umlernen. Aber es machte ihm Spaß, er findet den Klang sehr viel angenehmer als den der Sopranflöte. Die Gruppe ist eigentlich nett, die Flötenlehrerin, die Bass-Blockflöte spielt, meistens auch. Bei den Proben genügt ein Kiekser oder ein schräger Blick, schon prusten die Mädchen los und Friedel natürlich mit. Wenn es einmal passiert ist, kann man die Probe eigentlich vergessen, dann passiert es immer wieder. Lachen ist bei einem Blasinstrument fatal.

Frau Sperling kann da so böse gucken, wie sie will, das macht die Sache nur noch schlimmer. Einmal gekiekst, immer wieder gekiekst. Am Ende reicht schon die Vorstellung, es könnte einer kieksen, schon geht es wieder los. Da hilft nur: Pause, Ablenkung, Themawechsel. Frau Sperling weiß, dass die Gruppe das nicht absichtlich macht. Aber wenn Aufführungen anstehen, dann wird sie kribbelig, dann kann sie ganz ordentlich schimpfen. Sie steht als Leiterin natürlich anders da und ist verantwortlich für das, was die Flötengruppe abliefert. Friedel hat meistens keine Lust auf Konzerte, er findet, dass der Flötenkreis noch nicht so weit ist, dass er auftreten sollte.

Ganz schrecklich ist der Auftritt beim Senioren-Kaffeetrinken im Tegeler Ausflugslokal „Zum Alten Fritz" neulich. Die Alten hören nicht zu und klappern mit ihren Kuchengabeln dazwischen. Vielleicht können sie auch nichts mehr hören. Aber plappern und klappern, das klappt noch gut. Der kleine, dicke Bezirksbürgermeister von der SPD kommt auf die Bühne gewackelt, will die Jubilare beglückwünschen und sagt zu Frau Sperling: „Jetzt spielen Sie doch mal einen Tusch!" Sie faucht zurück, völlig entgeistert und rot vor Ärger: „Wenn Sie mir verraten, wie man mit fünf Blockflöten einen Tusch spielt, gerne!"

Über die Grenze

Der Sommer kommt wieder, Friedel spürt ihn, riecht ihn, erwartet ihn sehnsüchtig. Wo wird es diesmal hingehen in den Sommerferien? Natürlich wieder in den Norden ans Meer. Mutter Anna wird zu Hause bleiben, Nelli ist noch zu klein für lange Autofahrten. Vater hat diesmal eine kleine Ferienwohnung gemietet und will sich mit dem Auto über die Grenze wagen nach Dänemark auf die Insel Fünen. Friedel hat im Prospekt ein Foto gesehen von dem Hof, in dem die Ferienwohnung liegt und freut sich riesig. Er durfte sogar mit Jan und Bea zusammen aussuchen, welche Ferienwohnung es werden sollte, und fühlt sich dadurch sehr geehrt.

Vater ist auch schon aufgeregt und in Urlaubsstimmung. Er hat den „D"-Aufkleber hinten am Grauchen befestigt, weil man im Ausland ja Länderkennzeichen braucht, und streut bei Tisch ab und zu kleine dänische Brocken mit in die Unterhaltung, die er sich in seinem kleinen Sprachführer angelesen hat. Da die Reise diesmal weit ist, werden sie nicht in Hamburg bei Tante Ellen übernachten, sondern in einem Hotel in Flensburg, direkt an der dänischen Grenze. Schon das findet Friedel spannend, er hat noch nie in einem Hotel übernachtet. Ganz früh am Morgen geht es los, Mutter Anna hält Nelli auf dem Arm und winkt ihnen zum Abschied nach.

Bea sitzt vorne bei Vater und liest die Karte. Hinten sitzen Bine neben Oma und daneben Jan und Friedel. Es ist ein bisschen eng und in den Kurven fliegen manchmal alle übereinander, aber auf diese Weise kann diesmal die Heckklappe richtig vollgepackt werden. Nach den ersten

Kilometern fängt immer direkt der Hunger an: „Oma, kriegen wir eine Stulle?" Vater möchte aber auf jeden Fall erst die Grenzkontrolle in Staaken abwarten, ehe die große Fresserei losgeht. Friedel vergisst bei seiner Leberwurst-Stulle für eine Weile, dass ihm schon wieder tödlich schlecht ist. Er liebt Reisen über alles, aber die Luft hinten im Auto ist erbärmlich. Dieses Gemisch aus Benzin, verbrauchter Atemluft und Schweiß, dazu das Hin- und Herschuckeln und Holpern auf schlechten ostdeutschen Landstraßen benebelt ihm die Sinne und lässt seinen Magen rotieren.

Er weiß genau, dass Vater jetzt nicht anhalten will, weil sie ja auf der Transitstrecke im Osten sind. Aber irgendwann hält er es nicht mehr aus, das Ortsausgangsschild „Ludwigslust" verschwimmt vor seinen Augen, und als Vater die ersten Würgegeräusche von hinten hört, hält er am Straßenrand. Bea steigt aus und im Nu ist auch Friedel draußen und erleichtert sich im Gebüsch. Bine kommt ebenfalls mit heraus, sie ist aus Sympathie auch ein bisschen grün im Gesicht und steckt sich den Finger in den Hals, aber es kommt nichts. „Du musst vorher was essen, sonst klappt das nicht!", klärt Friedel sie auf. Oma bleibt im Wagen sitzen und fächelt sich frische Luft zu. Vater mahnt zur Weiterfahrt, „ehe die Vopos uns hier entdecken, dann gibt's richtig Ärger."

Auf der weiteren Fahrt weht jetzt immer ein frischer Wind durch's Auto, Oma hat sich ihren Schal um die Ohren gezogen, damit es nicht zieht, die Kinder finden es herrlich. Ab und zu kurbelt Bea das Fenster wieder hoch, wenn vor ihnen gerade ein Trabbi blauschwarze Abgaswolken hinter sich herzieht oder sie an einer frisch gedüngten Wiese vorbeifahren. Dann heißt es Luft anhalten. Vater wird erst so richtig fröhlich, als sie die Grenzkontrollen bei Lauenburg hinter sich gelassen haben. Er fängt an, Lieder zu singen und lustige Geschichten zu erzählen. Schon am frühen Nachmittag sind sie in Flensburg.

Friedel staunt, wie schick die Empfangsdame im Eingang aussieht, sie hat ein schwarzes Kostüm an mit goldenen Knöpfen. Das Hotelzimmer ist ziemlich klein und schmucklos. Vater, Jan und Friedel schlafen hier in einem Zimmer, die Mädels teilen sich mit Oma das andere Zimmer. Friedel schläft auf einer Art Notbett, das aus der Wand geklappt wird, so etwas kennt er ja von Großmutter in Lichterfelde. Jan schläft mit Vater im Ehebett, das sieht lustig aus. Er beschließt, mit Jan draußen vor dem Hotel ein bisschen auf Erkundungstour zu gehen, bis zum Abendbrot ist noch viel Zeit.

Das Hotel steht frei auf einer kleinen Anhöhe, direkt dahinter beginnt der Wald. Jan findet einen schönen Knüppel im Unterholz und führt damit imaginäre Fechtkämpfe mit übermächtigen Gegnern aus, die er natürlich trotzdem am Ende besiegt. Friedel hat Spaß daran, durch das trockene Eichenlaub zu rennen. Nach wenigen hundert Metern ist der Waldweg durch eine Schranke abgesperrt. „Das ist nur für Autos, die dürfen hier nicht lang fahren!" erklärt Jan lapidar. Friedel guckt zweifelnd, wundert sich über ein ovales Schild mit einem schwarzen Adler auf gelbem Hintergrund, sieht ein zweites Schild hinter der Schranke, auf dem etwas in einer komischen Sprache steht.

„Das ist Dänisch!" weiß Jan. Jetzt erkennt es auch Friedel, das Ø mit dem Strich hindurch hat er schon einmal gesehen, es wird wie ö gesprochen und das dänische Wort für Würstchen *PØLSER* wird auch so geschrieben. Friedel bekommt Hunger, beim Gedanken an Würstchen mit Ketchup läuft ihm das Wasser im Munde zusammen. Aber warum steht hier etwas auf Dänisch? Friedel hat eine Idee. Vater hat im Auto erzählt, dass hier im Norden von Schleswig-Holstein eine dänische Minderheit lebt, die ihre eigene Sprache sprechen darf. Er hat vorhin im Auto sogar ein paar Ortsschilder gesehen, bei denen der dänische Name unter dem deutschen stand. „Das ist bestimmt ein Schild für die Dänen!" sagt er und geht mutig an der Schranke vorbei. Jan nickt zustimmend, und sie setzen ihren Erkundungsgang hinter der Schranke fort.

Nach einer Weile geht der Weg sanft bergab, der Laubwald lichtet sich, im Hintergrund hört man Autos, sie nähern sich einer Straße, können sie aber noch nicht sehen. Auf einmal hören sie von rechts Pfiffe, dann eine Trillerpfeife, Hundegebell und eine heisere Männerstimme, die etwas ruft, was sie nicht verstehen können. Jan und Friedel bleiben erschrocken stehen und schauen sich ratlos an. Was ist denn jetzt los? Haben sie etwas falsch gemacht? Da plötzlich kommen zwei Männer in olivgrünen Anzügen durch das Gebüsch, einen Schäferhund an der Leine. Sie rufen wieder etwas, es klingt nicht besonders freundlich, und die Jungs bleiben wie angewurzelt auf ihrem Platz. Der eine der Männer sieht etwas netter aus, er hat einen rotblonden Bart und erinnert Friedel an den Wikinger im Bilderbuch, das er als kleiner Junge öfter angeguckt hat. Den anderen guckt er lieber gar nicht erst an, der sieht wirklich finster aus. Friedel spürt seinen Herzschlag im Hals. Er hat eine ganz trockene Kehle.

Die beiden Männer mit dem Hund treiben die Jungs vor sich her, sie laufen die kleine Anhöhe hinunter zur Straße, dort gehen sie ein Stück zurück und kommen dann an das dänische Zollgebäude. Dort werden sie in eine kleine Wachstube geschoben, der Beamte, der dort sitzt, grinst zu ihnen hinüber. Das tut gut. Oder lacht er sie aus? Der Finstere tastet erst Jan, dann Friedel von oben bis unten ab, beide müssen ihre Hosentaschen ausleeren, da kommen die Schätze der letzten Wochen zum Vorschein: Krümel, Schokoladenpapier, Bonbonreste, Glasmurmeln, vermischt mit Taschentuchresten, zusammengerollter Kordel, zwei halb aufgeweichten Pfennigschwärmern, die von Silvester übrig geblieben sind, Feuerzeug und Jans Schweizer Taschenmesser. Das muss er abgeben, die anderen Dinge können sie wieder in den Hosentaschen verstauen.

Der Beamte auf dem Stuhl kann Deutsch. Er fragt: „Was wolltet ihr hier?" Jan hat es die Sprache verschlagen, er setzt zu einer Antwort an, stockt dann aber. „Wir wollten spazieren gehen!" sagt Friedel, aber auch seine Stimme zittert. Ist das ein Verbrechen? „Habt ihr nicht das Schild gesehen?" „Das war auf Dänisch, das konnten wir nicht lesen!" Jan hat die Sprache wiedergefunden, er klingt trotzig. „Und die Ssranke? Habt ihr da über geklettert?" Friedel muss grinsen. Der Däne spricht so komisch. Der Finstere sagt irgendwas sehr Unfreundliches zu Friedel auf Dänisch. Der Beamte erwidert etwas und der Finstere geht schimpfend hinaus. Jan übernimmt wieder: „Wir sind nicht rüber geklettert, wir sind an der Schranke vorbeigegangen. Wir wussten nicht, dass das die Grenze ist!" „Wir kommen nicht von hier, wir sind aus Berlin!" ergänzt Friedel.

„So so, aus Berlin!" sagt der nette Beamte. „West-Berlin oder Ostberlin?" „West-Berlin, aus Reinickendorf!" schießt es aus Friedel heraus, als würden die Details helfen, die Angelegenheit endgültig zu bereinigen. „Da gibt es auch Grensse! Ihr wisst doch, da darf man nicht über gehen, sonst ssießen die!" Jan und Friedel nicken, verkneifen sich diesmal das Grinsen und schauen schuldbewusst zu Boden. „Wo sind eure Eltern?" „Im Hotel!" antwortet Jan und Friedel ergänzt leutselig: „Meine Mutter nicht, nur mein Vater, meine Oma und meine Schwestern!" Der Beamte brummelt etwas vor sich hin und übergibt sie dann dem Wikinger, der die ganze Zeit schweigend dabei gestanden hat. „Ihr geht jetzt zu den deutssen Grenssbeamten. Tsüss!" Er zwinkert ihnen noch einmal zu, steckt Jan das Taschenmesser zu und schiebt sie dann zur Tür hinaus, wo sie dem Wikinger folgen. „Jetzt gehen wir noch einmal richtig über die Grenze!" flüstert Jan Friedel zu, als sie den gelben Streifen auf der Fahrbahn überqueren. Am Straßenrand ist wieder das gelbe Schild mit dem Adler, darunter steht: *Bundesrepublik Deutschland.*

Im deutschen Zollhäuschen sitzt kein netter Beamter. Hier herrscht ein ganz anderer Ton. Barsch werden die Jungs erst einmal um die Ecke geschickt und sollen auf einer Holzbank zwischen Putzeimern und Kisten warten, bis sie an der Reihe sind. Es dauert sehr lange, bis es soweit ist, obwohl sie von nebenan hören, wie sich die Beamten unterhalten und anscheinend nicht so fürchterlich wichtige Dinge zu tun haben. Es riecht unangenehm hier, eine Mischung aus stechend parfümierten Putzmitteln und Staub liegt in der Luft. Friedel wird es immer mulmiger. „Wie lange werden die uns hier noch sitzen lassen?" fragt er seinen Bruder. Der zuckt nur gleichgültig mit den Achseln. „Wären wir doch bloß nicht durch die blöde Schranke gegangen!" versucht Friedel noch einmal, ein Gespräch in Gang zu bringen. Doch Jan blockt ab: „Hör auf zu jammern, das hilft jetzt auch nicht weiter!"

Nach einer endlosen Zeit werden sie nach vorne gerufen. Friedel wundert sich, dass es draußen noch hell ist, eigentlich müsste es doch schon Nacht sein inzwischen, so lange, wie sie da gesessen haben. Der Beamte hält ihnen eine lange und heftige Standpauke, schimpft mit ihnen, wie sie nur auf so eine blöde Idee kommen können, einfach über eine Grenze zu gehen. Er macht ihnen Angst. Es gäbe hier viele Schmuggler. Sie hätten erschossen werden können. Die dänischen Kollegen würden da überhaupt keinen Spaß verstehen. Jan und Friedel sinken immer tiefer in ihre Stühle und stieren riesige Löcher in den hässlich laminierten Fußbodenbelag. Sie sagen überhaupt nichts mehr, ab und zu nicken sie nur, wenn es angebracht erscheint. Am Schluss seiner langen Anklage sagt der Grenzbeamte: „Ich habe im Hotel angerufen. Euer Vater kommt gleich und holt euch. Und dann wird euch richtig der Arsch versohlt, hoffe ich!" Auch hierzu sagen die Jungs nichts mehr. Sie wissen aber, dass er sich irrt. Vater wird bestimmt froh sein, sie gesund und heil wiederzubekommen. Warum sollte er sie dann verprügeln?

In diesem Moment kommt er zur Tür herein, mit dem gleichen schuldbewussten Blick, den inzwischen auch die Jungen eingenommen haben, hört er sich die Tiraden des Beamten an, stimmt ihm in allen Punkten zu, bedankt sich überschwänglich für die Rückgabe seiner Kinder und geht schnell mit ihnen hinaus an die frische Luft. Es tut gut, mit Vater zurückzugehen. Sie wechseln nicht viele Worte, aber Friedel springt vor Freude von einem Bein aufs andere und freut sich jetzt wieder auf das Abendessen. Er hatte zwischendurch ganz vergessen, dass er Hunger hat. Im Hotelrestaurant fällt er vor Erleichterung erst einmal Bea, Oma und Bine um den Hals. Oma hat Tränen in den Augen, Bea flüstert ihm zu, Oma habe sich fürchterlich aufgeregt, als die Jungs nicht wiedergekommen seien.

Am nächsten Morgen geht es weiter, vorbei an den beiden Grenzposten, die Friedel und Jan schon gut kennen nach Dänemark. Sie fahren über die große Brücke von Jütland hinüber nach Fünen, an Bogense vorbei. Nach einigem Suchen ist der kleine, ehemalige Bauernhof gefunden, schön liegt er da inmitten von hügeligen Wiesen, Strohdach und Fachwerk, drinnen riecht es ein wenig so wie früher in Biesdorf, die Wohnküche ist gut ausgestattet, die Sitzmöbel gemütlich. Natürlich wollen die Kinder direkt ans Meer. Man muss einige Zeit durch Wiesen laufen, überall blüht der knallrote Klatschmohn. Dann kommt man ganz plötzlich an die Küste, dort geht es einen kleinen, steilen Trampelpfad hinunter zum Strand. „Hier ist ja gar kein Sand!" „Wo sind denn die Dünen?" „Guck mal, nur so kleine Wellen!" Im ersten Moment sind die Kinder etwas enttäuscht.

Vater schaltet sich ein: „Kinder, wir sind an der Ostsee. Ihr seid von den letzten Jahren die Nordsee gewöhnt mit breiten Sandstränden, Dünen und großen Wellen. Hier ist alles etwas anders, die Wellen sind aber nicht immer so klein wie heute, ihr werdet sehen! Schaut mal, da vorne ist auch ein kleiner Sandstrand, da könnt ihr gut ins Wasser gehen! Und was meint ihr, wie viele interessante Steine und Muscheln ihr hier finden könnt!" Für Oma und Bine ist es ideal, sie legen sich zusammen an den kleinen Sandstrand ins flache Wasser und spielen Dampfer. Jan und Friedel bringen sich am nächsten Tag das kleine Gummiboot mit und machen Erkundungstouren auf dem Wasser, Bea sonnt sich am liebsten an den Felsen. Das Wetter ist sonnig und warm und das Ostseewasser angenehm, man kann es lange im Wasser aushalten, ohne blau anzulaufen vor Kälte.

Zum Frühstück oder Abendessen setzen sie sich oft nach draußen in den Innenhof, dort sitzt man schön windgeschützt und die Sonne wärmt. Manchmal holt Jan Vaters alte Gitarre und klimpert ein bisschen vor sich hin, er hat zwar Geigenunterricht in der Musikschule, aber bei den Pfadfindern hat er „Klampfen" gelernt, das macht er ganz ohne Übe-Stress so nebenbei. Friedel bekommt zu seinem Geburtstag morgens früh im Bett ein Ständchen gesungen, Vater flötet, Jan spielt Gitarre und Bea, Bine und Oma singen. Friedel hat lange schon wachgelegen in seinem Bett, hat gemerkt, wie Jan und Vater hinausgeschlichen sind aus dem Zimmer, hat draußen das Klappern der Frühstücksvorbereitungen gehört und Flöten- und Gitarrentöne. Zum Geburtstag wird man immer mit Musik geweckt, da muss man es eben lange aushalten im Bett. Bine hat eine brennende Kerze in der Hand und führt ihn zum Geburtstagstisch draußen im Innenhof. Dort ist sein Platz mit kleinen Blümchen schön geschmückt, ein Geburtstagskuchen steht auf dem Tisch und Friedel darf die Kerzen auspusten.

Er darf bestimmen, was heute gemacht wird. Er möchte einmal um die Insel herumfahren, wissen, wie es anderswo aussieht. Sie machen einen schönen Ausflug mit dem Auto, durch gelbe und rote Felder und Sommerwiesen, vorbei an verträumten kleinen Orten, Fachwerkhäusern, Wassermühlen und Bauernhöfen mit Strohdach. In Faaborg an der Südküste schlendern sie durch den Hafen, sehen sich Segelschiffe an und setzen sich in ein kleines Café mit schöner Außenterrasse. Die Sonne strahlt mit Friedel um die Wette. Er bekommt ein riesiges Stück Himbeerkuchen und einen heißen Kakao mit Schlagsahne und ist geburtstagsglücklich.

Am nächsten Tag machen sie einen Ausflug nach Jütland, Omas Vater wurde dort Mitte des 19. Jahrhunderts in dem kleinen Dorf Vinding geboren. Er wuchs in einer Handwerkerfamilie auf, seine Muttersprache war Dänisch. Nach dem Einmarsch der Preußen in Südjütland 1864 während des Dänisch-Deutschen Krieges wurde der große und kräftige Böttcherjunge zum Militär eingezogen nach Berlin. Er kam aus der ländlichen Idylle in eine riesige Stadt, in der er kein Wort verstand und erlebte dort beim Militär die schlimmsten Jahre seines Lebens. Er wurde gedemütigt und verhöhnt, weil er nicht richtig Deutsch sprechen konnte, manchmal war es so schlimm, dass er daran dachte, sich umzubringen.

Vater erzählt während der ganzen Autofahrt von seinem Großvater Christian und Oma ergänzt hin und wieder. Er, ein großer, starker Kerl, wie Wotan persönlich, blieb nach der überstandenen Militärzeit in Berlin, wurde Oberkontrolleur im Staatsdienst, heiratete eine kleine, zarte Frau aus Pommern und bekam mit ihr drei Kinder.

Die älteste war Margarete, Friedels Oma. Vater erzählt, dass sich Opa Christian oft breitbeinig in die gute Stube stellte und den kleinen Enkelsohn aufforderte, ihn kräftig in die Waden zu kneifen. Er lachte dröhnend über die vergeblichen Versuche, seine Waden waren wie aus Stein. Wenn er seine Enkelkinder hochhob und durch die Luft wirbelte, fürchtete die Mutter um deren Leben.

Sie fahren gerade über den kleinen Belt nach Jütland hinüber, jetzt ist es nicht mehr lang bis Vinding. Oma steuert Anekdoten bei, nach denen die dänischen Vorfahren sehr rau gewesen seien, wilde Burschen, nicht gerade zimperlich mit sich und ihrer Umwelt. Ein Vorfahr wäre Schmied gewesen und so unbeherrscht, dass er einmal im Jähzorn sein Pferd erschlagen habe. Vor Friedels innerem Auge entsteht eine ganz neue Familie, aus der er entstammt: Wikinger, die sich gegenseitig die Köpfe einschlagen, sich in die Waden kneifen und dazu ohrenbetäubend laut lachen. Wie sieht wohl dieses Wikingerdorf aus?

Ganz friedlich und harmlos. Am Ortseingangsschild machen sie ein Foto mit den Urenkeln des dänischen Wotan. Die kleinen Bauernhäuser, die schmucke, weiße Kirche in der Mitte mit dem alten Kirchhof dahinter, alles sieht friedlich und zivilisiert aus. Hier haben die wilden Kerle gehaust? Sie machen den dänischen Pfarrer ausfindig. Der ist sehr nett und schließt ihnen die Kirche auf. Dort dürfen sie im alten Gemeindebuch nachschlagen und finden tatsächlich die Taufeintragung vom Uropa: *Christian, Sohn eines Böttchers und einer Meierin.* Der Pfarrer zeigt ihnen die alten Grabstellen der Familie und das Haus am Dorfausgang, in dem sie vermutlich gewohnt hat vor hundert Jahren. Er bestätigt, dass die Böttcher, Schmiede und Wagenmacher immer die großen Kerle gewesen seien, bärenstark, sonst hätten sie nicht zu ihrem Beruf getaugt. Ja, das sei immer hin und her gegangen hier in Süd-Jütland, mal wäre es deutsch gewesen und hätte Nord-Schleswig geheißen, dann wieder dänisch. Eine unruhige Gegend damals, das wäre ja heute alles ganz anders geworden, friedlicher zum Glück.

Und ein bisschen langweiliger, denkt Friedel, als sie wieder zurückfahren. An einer Würstchenbude halten sie an und essen dänische Hot Dogs, die dänischen Würstchen, *PØLSER,* sind knallrot und eingebettet in hauchdünne, süßsaure Gurkenscheiben, kross gebratene Zwiebeln und viel Ketchup und Senf. Köstlich! Zur Feier des Tages gibt es Seven up. Auf der Rückfahrt wird Friedel schläfrig, er lehnt seinen Kopf an Oma, die ihm ein weiches Kissen bietet und sagt: „Mach ruhig ein bisschen Baba, mein Kleiner, die Fahrt dauert noch etwas!" Er mag es sonst gar nicht, Kleiner genannt zu werden, aber jetzt zaubern die Worte der Oma ein zufriedenes Lächeln auf seine Lippen. Seine Augenlider sind schwer wie Blei. Die Bilder der kämpfenden Wikinger spuken in seinem Kopf herum, Erinnerungen, Erzählungen, Bilder vermischen sich zu immer neuen Geschichten, die ihn hin- und herziehen zwischen Gegenwart und Vergangenheit. Ihm wird fast schwindlig dabei.

Plötzlich hört er eine Stimme in seinem Kopf, die sagt: *Schau genau hin!* Er ist ein kleiner Junge und befindet sich in der alten Wohnung in der Baseler Straße. Er fürchtet sich. Er steht auf dem Flur. Es ist noch ziemlich dunkel, durch die Küchenfenster fällt ein ganz unwirkliches, fahles Licht, es muss ganz früh am Morgen sein. Was macht er hier? Warum steht er auf dem Flur, barfuß, im

Nachthemd, und friert? Er hat etwas gehört, ein dumpfes Geräusch und Stimmen, da hinten, am Ende des dunklen Flurs. Sein Herz schlägt ihm bis zum Hals. Er zittert, friert und schwitzt gleichzeitig. Er will nicht dahin gehen, er will nicht nachsehen, trotzdem schieben sich seine Füße ganz langsam in diese Richtung, als wären sie von irgendwoher gesteuert. Er hat eine Heidenangst, bewegt sich aber mechanisch immer weiter auf die nur angelehnte Schlafzimmertür zu.

Er öffnet langsam die Tür und sieht als erstes durch das Fenster in das Morgengrauen, ein rötlicher Schimmer ist jetzt am Himmel zu erkennen. Eine Ewigkeit steht er so, unbemerkt, sein Blick wie angesaugt vom rötlichen, fahlen Licht da draußen. Nur aus den Augenwinkeln kann er die Umrisse der Personen im Zimmer erahnen, seine Großmutter als dunkler, schwerer Schatten über das Bett gebeugt. Mit einer kehligen, erdigen Stimme, die er gar nicht wiedererkennt, flüstert und spricht sie in einem seltsamen Singsang vor sich hin, ab und zu versteht er: „Mein Dörtchen, mein Dörtchen!" Vater steht als großer Schatten mitten im Raum und wendet ihm den Rücken zu. Plötzlich bemerkt er ihn, dreht sich zu ihm um, geht auf ihn zu mit diesen verweinten, verzweifelten Augen, nimmt ihn auf den Arm und schluchzt: „Die Mutti ist jetzt im Himmel!" Dies wiederholt er immer wieder, während er ihn aus dem Zimmer bringt. Der Himmel draußen ist jetzt feuerrot und Friedel weiß von der Weihnachtsbäckerei, dass die Engel dann Plätzchen backen. Bestimmt zur Begrüßung für seine Mutter, die jetzt „Himmelsmutti" geworden ist.

„Komm, mein Kleiner, wir sind da. Du bist ja ganz nass geschwitzt!" sagt Oma und Friedel schaut sich verwirrt um. Er ist im Auto. Sie sind vor dem Ferienhaus. Es ist abends, die Wolken sind feuerrot angeleuchtet von der Abendsonne. Schnell klettert er aus dem Wagen und rennt zu den Schaukeln. Bea sitzt schon auf der einen, er setzt sich auf die andere, lässt sich ein bisschen hin- und herwiegen und genießt es, die Füße in die roten Wolken zu strecken. Er erzählt Bea von seinem Traum. Sie sagt gar nichts. Als er zu ihr hinüber schaut, sieht er, dass ihr Tränen über die Wangen gelaufen sind und im Abendwind trocknen. „Ich habe Mutti auch am Schluss nicht gesehen, nur Großmutter von hinten, wie sie sich über sie gebeugt hat und Vater." flüstert Friedel. Bea nickt: „Vielleicht ist das auch besser so!"

Eine ganze Weile schaukeln sie sacht und sagen nichts. Dann erzählt Bea: „Ich kam am nächsten Morgen. Vater hat die Losung vorgelesen wie jeden Morgen. Von dem Würgeengel, der an den Häusern vorbei geht, die mit dem Blut des Lammes bestrichen sind. Warum ist der denn bei uns nicht vorbei gegangen?" Wieder schweigen sie eine Weile. Bea erzählt, dass sie abends bei der Aussegnung *Ein Lämmlein geht und trägt die Schuld* gesungen hätten. Friedel erzählt ihr, dass er immer verstanden hätte, ein Männlein geht und trägt die Schuld. Bea schnieft und holt ihr Taschentuch heraus. Friedel fragt sie: „Wie lange hat das gedauert, bis du gemerkt hast, dass sie nicht wiederkommt?"

Bea schaut ihn überrascht an. „Hast du das geglaubt?"

Sie lächelt zu ihm herüber. „Armer Friedel. Aber du warst ja auch noch klein."

Friedel schluckt. „Sie haben doch diese Osterlieder gesungen am Grab!"

Bea nickt: „Es war ja auch kurz vor Ostern."

„Und der Spruch auf dem Grab!"

Bea fragt: „Mit dem Wieder-Auferstehen?"

Friedel ergänzt: *Und in ganz verklärter Zier aus dem Grabe gehen."*

„Aber das war doch ganz anders gemeint!"

„Aber nicht für mich. Ich hab so lange gehofft, sie kommt zurück. Wenn die anderen von der „Himmelsmutti" sprachen, hab ich gelächelt. Ich wusste es doch besser. Ich wusste, sie würde wiederkommen. Ich wollte nicht irgendwelche Tanten, ich wollte meine Mutter wieder!"

Wieder schnieft Bea und flüstert: „Ich auch!"

Apfelsaft, Argentinien und Abschied

Der Sommer ist vorbei, die bunten Blätter fallen, der Herbstwind pfeift ums Haus. Friedel hat schon seit mehreren Wochen eine hartnäckige Erkältung, erst Husten, dann eine ewig laufende Triefnase, dann wieder Husten, heftiger als beim ersten Mal, und nun auch noch Ohrenschmerzen. Als am Wochenende dann plötzlich hohes Fieber dazu kommt, wird der Notarzt gerufen, und der überweist Friedel mit Verdacht auf Lungenentzündung ins Kinderkrankenhaus. Den Abtransport erlebt er wie im Rausch, er sieht aber, dass Oma und Vater Tränen in den Augen haben, als er hinausgetragen wird. Mutter Anna fährt mit, sie beruhigt Friedel. Das erste Mal im Krankenwagen, eigentlich ein tolles Gefühl! Er fragt sie: „Ich muss am Montag nicht zur Schule?"

„Nein, die ganze Woche nicht, und die nächste Woche auch nicht. Die Lungenentzündung muss erst einmal richtig ausheilen, damit du niemand anderen ansteckst!"

„Aber wir schreiben ein Diktat am Mittwoch!"

„Das müssen sie dann mal ohne dich schreiben!"

„Bin ich da ganz alleine im Zimmer?"

„Nein, du hast bestimmt nette Zimmernachbarn, warte mal ab!"

Woher sie das nun wieder wusste? Er teilt sich das Zimmer mit einem älteren Jungen, der schon länger dort liegt und alles weiß, was sein neuer Zimmernachbar noch lernen muss. Sie freunden sich schnell an. Alle sind nett zu ihm, und er fängt an, die besondere Situation zu genießen. Der junge Stationsarzt, der ihn an Herrn Kirstein, den Organisten erinnert, erklärt ihm, dass er das Schlimmste schon überstanden hat. Das Fieber ist fast schon wieder weg, die Erkältung auch, er hat keine Schmerzen, merkt nur noch manchmal beim tiefen Einatmen, dass da noch etwas rasselt in der Lunge. Aber das wird auch ganz schnell vorbeigehen.

Selbst das Fiebermessen dreimal am Tag ist gar nicht so schlimm, Jürgen, sein Zimmernachbar und Friedel glucksen immer, wenn sie da auf dem Bauch liegen mit dem Thermometer im Po, wackeln extra mit dem Hintern und machen Faxen. Die nette blonde Krankenschwester versteht auch Spaß, sie droht dann immer mit dem Finger und sagt, sie sollten aufpassen, dass das Thermometer nicht im Po abbricht. Das Einzige, mit dem Friedel gar nicht zurechtkommt, ist die „Ente", eine komisch geformte Glasflasche mit Schnabel, in die man hinein pinkeln soll. Das Gefühl, da plötzlich so eine warme, schwappende Flasche im Bett zu haben, ist Friedel unangenehm, und wer weiß, ob die Flasche überhaupt reicht? Was macht er, wenn sie nicht reicht? Am unangenehmsten ist es ihm, wenn die nette Krankenschwester diese blöde Pipiflasche dann auch noch hinaustragen muss. Das will er nicht.

Aber weil das Fieber schnell weg ist, kann Friedel auch nach draußen gehen zum Klo auf dem Gang, das ist ihm sehr viel angenehmer, selbst nachts, wenn es so schön warm im Bett ist und auf dem Flur so kühl und dunkel. Die nette Schwester schimpft immer mit den beiden: „Ihr seid noch krank, ihr sollt nicht so viel herumlaufen!" und schüttelt den Kopf, wenn die Ente bei Friedel immer leer bleibt, aber sie lacht dabei. Das Krankenhaus-Essen ist nicht immer toll, aber die beiden haben meistens guten Appetit. Das Beste für Friedel ist der Apfelsaft, davon kann er gar nicht genug bekommen. Selbst nachts stellt ihm seine Krankenhaus-Stewardess ein Glas Apfelschorle ans Bett: „Falls du Durst kriegst beim Träumen!" sagt sie dann und zwinkert Friedel zu. Am Morgen ist das Glas immer leer.

Dreimal in der Woche ist Besuchszeit, allerdings dürfen die Besucher nicht hinein ins Krankenzimmer, sondern müssen draußen hinter der Glasscheibe bleiben. Da gibt es zwei Besuchertelefone, Friedel kann schön bequem von seinem Bett aus mit Mutter Anna oder Vater telefonieren und ihnen dabei zuwinken oder beim Sprechen zugucken. Das ist schon ein bisschen komisch, beim Telefonieren angeguckt zu werden. Manchmal sind auch Bea und Jan da draußen, aber da findet Friedel das Telefonieren mit Bild besonders seltsam und ihm fällt schon bald nichts mehr ein, über das man sich unterhalten könnte. Auch Großmutter besucht ihn und bringt etwas Leckeres zu essen mit, weil sie Sorge hat, dass er im Krankenhaus nichts Vernünftiges bekommt. Er hat selten Heimweh im Krankenhaus, aber wenn da draußen hinter der Glasscheibe seine Lieben stehen und er nicht zu ihnen kann, dann spürt er dicke, tonnenschwere Klumpen im Bauch, besonders, wenn die Besuchszeit gerade zu Ende ist und sie sich noch einmal kurz zugewinkt haben, bevor sie gehen. Heulen tut er nicht, nein. Manchmal wünscht er, er könnte heulen. Friedel hasst Abschiede.

Von seiner Klasse bekommt er einen ganz dicken, großen braunen Briefumschlag, prall gefüllt mit kleinen Briefen, ganz oben ein Brief von Fräulein Herrmann, geschrieben in ihrer gleichmäßigen, gestochen scharfen Schrift: *Mein lieber Friedel! Du machst ja schöne Geschichten! Jagst uns allen einen Schrecken ein! Die Briefe werden Dir bestimmt Freude bereiten! Die Fehler musst Du übersehen! Ich habe einfach keine Zeit, alle zu berichten. Aber ich finde, dass alle sehr nett an Dich geschrieben haben ...*

Das findet Friedel auch: Alle Mitschüler haben ihm Briefe geschrieben, manche sogar noch ein Bild dazu gemalt. Er freut sich riesig und blättert immer wieder alles durch. Sie informieren ihn genau darüber, was er alles im Unterricht versäumt hat: Seine Mitschüler haben gelernt, Buchstaben in deutscher Schrift zu schreiben und eine neue Methode kennen gelernt, schriftlich zu multiplizieren. Sie wurden umgesetzt und bereiten Friedel schonend darauf vor, dass er einen anderen Banknachbarn hat, wenn er wiederkommt. Sie informieren ihn, wer bei welchem Lehrer in die Ecke gestellt wurde, weil er gequatscht hat, bedauern ihn, dass er krank ist, aber beneiden ihn auch, weil er die ganzen Hausaufgaben nicht machen muss, die sie aufbekommen.

Alle haben sich große Mühe gegeben, ordentlich zu schreiben. Was ihm sehr gut tut: Sie erzählen, dass manchmal im Unterricht von ihm die Rede ist. Bei einem Gedicht weiß keiner etwas über Goethe zu erzählen, und Fräulein Herrmann sagt: „Jetzt fehlt uns der Friedel!" Besonders bei einem Lied in Religion, keiner weiß, wie es weitergeht und die Schüler sagen: „Friedel wüsste das jetzt." Manche erzählen in ihrem Brief auch persönliche Dinge von ihrer Schildkröte, der kleinen Schwester auf dem Schulhof oder einem Ausflug mit den Eltern. Obwohl er in der Klasse nur drei Freunde hat, Thomas, Hotte und Norbert, unterschreiben auch andere Jungs ihren Brief mit: *Dein Freund.* Das berührt ihn sehr.

Die wichtigste Nachricht von allen ist jedoch, dass Fräulein Herrmann geheiratet hat, jetzt folgerichtig nicht mehr Fräulein heißt, sondern Frau, Frau Lipke nämlich, und bald nach Argentinien auswandern wird. Die neue Lehrerin, die die Klasse übernehmen wird, eine Referendarin, sitzt schon hinten im Unterricht und schaut zu, wie Fräulein Herrmann unterrichtet. Das ist ein Schreck für die Klasse und ein heftiger Schock für Friedel. Wie soll das nur werden ohne Fräulein Herrmann? Warum nur muss sie ausgerechnet ihre Jugendliebe wiedertreffen, einen Mann, der inzwischen Rinderzüchter in Argentinien ist? Friedel findet es mutig, dass jemand in ihrem Alter noch bereit ist, sein ganzes Leben zu ändern und ans andere Ende der Welt zu ziehen. Aber warum ausgerechnet sie? Sie ist doch ihre Klassenlehrerin! Schon wieder ein Abschied! Alle netten Menschen verschwinden!

Fräulein Herrmann hat ihre Klasse schon länger schonend auf die Möglichkeit vorbereitet, dass sie vielleicht nicht immer bei ihnen bleiben könne. Sie hat viele Geschichten erzählt von Argentinien: Von der Schönheit und unendlichen Weite der Landschaft, von den Autos in Buenos Aires, die so dicht aneinander geparkt werden, dass man das Auto davor und dahinter wegschieben muss, um auszuparken. Das sei völlig normal dort und die Autofahrer würden extra ihre Handbremse nicht anziehen, damit das Auto beweglich bleibt. Sie zeigt Fotos vom Rinderfarmer und seinen Kindern in der Klasse herum, bringt ihnen ein paar spanische Brocken bei. Aber keiner hat damit gerechnet, dass das alles jetzt so schnell gehen würde. Thomas freut sich auf die neue junge Lehrerin, aber die meisten in der Klasse sind sehr traurig, dass Fräulein Herrmann geht.

Dieser kommende Abschied von seiner Lehrerin liegt Friedel wie ein schwerer Stein im Magen. Ansonsten genießt er die letzten Tage im Kinderkrankenhaus, die Aufmerksamkeit, die er dort bekommt, den leckeren Apfelsaft, seine blonde Lieblings-Krankenschwester und die lustigen Einfälle von Jürgen. Er staunt, wer alles an ihn denkt, ihn besucht, oder ihm schreibt. Auch von der Flötengruppe und dem kleinen Kinderchor an der Kirche bekommt er nette Post, und er fühlt sich wie in einer Wolke geborgen und gut aufgehoben bei so vielen Menschen, die mit ihren Gedanken bei ihm sind und ihm alles Gute wünschen. Selbstbewusst und fröhlich kehrt er nach drei Wochen nach Hause zurück.

Bei seinem ersten Tag in der Schule steht schon die neue Lehrerin vorne: Fräulein Rittberger hat es nicht einfach, das Erbe von Fräulein Herrmann anzutreten. Sie ist nicht so streng und konsequent, macht als Berufsanfängerin natürlich noch viele Fehler und wird von der Klasse genauestens beobachtet und ständig mit ihrer Vorgängerin verglichen. Friedel ist noch so mit dem Abschied von Fräulein Herrmann beschäftigt, dass er sich gar nicht auf die Neue einlassen kann. Das führt zu lebhaften Diskussionen mit Thomas auf dem Schulweg:

„Jetzt siehst du mal, die Rittberger hat ja nun überhaupt keine Ahnung! Spandau soll der größte West-Berliner Bezirk sein? Dass ich nicht lache! Reinickendorf ist der größte Bezirk!"

„Woher weeßte dit denn? Biste wirklich janz sicher?"

„Klar, bin ich sicher! Sonst hätte ich mich ja wohl kaum gemeldet und ihr gesagt, dass sie Mist erzählt hat."

„Und wenn se doch Recht hat? Dann stehste aber janz schön blöde da!"

„Ich hab Recht, da soll sie ruhig zu Hause mal nachlesen in ihren Büchern, ehe sie uns so einen Blödsinn erzählt! Sie muss nicht glauben, bloß weil sie aus diesem blöden Spandau kommt, wär das jetzt größer als unser Bezirk hier!"

„Na, immerhin hat sie ja gesagt, sie guckt noch mal nach. Und wenn se aus dem kleenen, popligen Wedding käme, würde se dit ja och kaum behaupten."

„Nee, Wedding würde nicht zu ihr passen, dazu ist sie zu eingebildet. Ich bin mal sehr gespannt, ob sie morgen ihren Fehler zugibt!"

„Du bist doch bloß sauer, weil die olle Herrmann weg is!"

„Sag das nicht nochmal, du Affe! Dir hat die Rittberger wohl den Kopf verdreht, wie? Was findest du an der denn gut? Von der kann man doch nix lernen!"

Am nächsten Tag kommt kein Kommentar von der neuen Lehrerin. Auch in den darauf folgenden Tagen nicht. Hat sie's vergessen? Friedel guckt zur Sicherheit selbst noch einmal nach im Brockhaus zu Hause. Reinickendorf ist groß, ohne Zweifel. Aber Spandau ist noch ein bisschen größer. Mist! Wo hat er das denn bloß her? Er guckt in seinen alten Heimatkunde-Hefter: Da steht es doch: *Aus Berlin und Cölln wird 1920 Groß-Berlin. Viele Orte werden eingemeindet. Es entstehen 20 Bezirke, der größte ist Reinickendorf.* Hat Ihnen denn Fräulein Herrmann damals etwas Falsches diktiert? Das kann doch nicht sein! Oder ist Reinickendorf inzwischen kleiner geworden und Spandau größer? Bestimmt hat sie's wirklich vergessen. Trotzdem hasst er sie, jetzt noch mehr, wo sie vielleicht sogar Recht hat mit ihrem blöden Spandau.

„Na Friedel, wat is denn nu mit Spandau und Reinickendorf?"

„Klappe!"

„Hat se doch Recht jehabt? Ick hab et mir schon jedacht!"

„Dusselige Kuh!"

„Wer is denn hier dusselich? Sei doch froh, det se nischt mehr jesacht hat. Hätte dein Ruf ramponiert als Schlauberjer!"

„Hör auf damit! Und wehe, du sagst was!"

Friedels Entschluss steht fest: Er will weg vom Schäfersee, ohne Fräulein Herrmann will er dort nicht bleiben. Vor ihrem Abschied hat Fräulein Herrmann mit Mutter Anna und Vater über Friedels Schullaufbahn gesprochen. Sie könnte sich gut vorstellen, dass er auf der Privatschule in Frohnau gut aufgehoben ist. Dort sind die

Klassen nicht so groß und Musik und Kunst werden gefördert. Er könnte nach der 4. Klasse dorthin wechseln und später auf das Gymnasium gehen. Das kostet zwar Schulgeld, aber Vater hat schon angedeutet, dass er das bezahlen würde, falls Friedel dahin möchte.

Je mehr er darüber nachdenkt, desto mehr weiß er, dass er wechseln möchte. Sein Freund Norbert ist mit seinen Eltern umgezogen, Friedel weiß noch nicht einmal wohin. Maria soll in der 5. Klasse auf eine katholische Mädchenschule gehen. Da kann er wohl schlecht mit. Wer bleibt dann noch? Mit Hotte hat er seit längerer Zeit nur noch wenig zu tun. Schade, dass Thomas nicht mitkommen will. Er scheint in den letzten Wochen manchmal auch nicht mehr so begeistert von seiner neuen Lehrerin zu sein. Die hat ihn schon mehrmals streng ermahnt und einmal sogar in die Ecke gestellt. Jetzt kann er sie nicht mehr so gut leiden. Vielleicht liegt es einfach daran, dass er so viel quatscht und Blödsinn macht, damit nervt er jeden Lehrer.

Die Privatschule liegt in Frohnau, im vornehmen grünen Villenviertel ganz im Norden von Reinickendorf. Er müsste mit dem Bus dorthin fahren. Vater war neulich mit ihm da und hat ihn angemeldet. Schön sieht's dort aus, Alleen, viele Bäume. Hoffentlich bekommt er in Frohnau schnell Anschluss und neue Freunde. Schön wäre, wenn Thomas mitkommen würde, dann könnten sie zusammen im Bus fahren und er wäre nicht der einzige Neue.

„Willst du nicht mitkommen nach Frohnau?"

„Nee, meen Papa hat jesacht: Bei dir piept's wohl, wat willste denn in Frohnau bei den janzen einjebildeten Fatzkes? Du bleibst schön hier, mein Lieber! Setz dich auf'n Hosenboden und sieh zu, det de anständije Noten nach Hause bringst!"

„Nix zu machen?"

„Nullkommanischt! Vom Schuljeld weeß der noch janischt!"

„Schade, dass du nicht mitkannst. Auch wenn de manchmal 'n Stinker bist!"

„Find ick ooch fast schade, blöder Affe!"

Dabei grinst er breit. Friedel will ihn am liebsten umarmen. Aber das kommt nicht in Frage, sie sind ja schließlich Jungs. Schade eigentlich. Thomas schaut zu ihm herüber:

„Kannst mir ja mal erzählen, wie's so ist auf der Schule. Vielleicht krieg ick meene Eltern ja später noch rum!"

„Das wär stark! Lass mich nicht alleine mit den reichen Fatzkes!"

Jetzt grinst Friedel und winkt Thomas, der im Hauseingang verschwindet, noch einmal zu.

Inhalt

Der Eismann kommt 7

Die Reise in die Schweiz 17

Marianne 30

Tante Anna 43

Fräulein Herrmann 53

Norbert und Hotte 61

Oma Biesdorf 66

Bewegte Bilder 73

Urlaub mit Wasserleiche 82

Lichterfelde 91

Die Hochzeit 107

Umzug 112

Thomas und Maria 119

Sommer auf der Insel 130

Lumumba 151

Schillerpark 161

Die Mauer 171

Windeln, Altar und Flötentöne 179

Über die Grenze 186

Apfelsaft, Argentinien und Abschied 200